書下ろし

中山道の鬼と龍

はみだし御庭番無頼旅

鳥羽 亮

目次

第一章　火盗改《かとうあらため》

1

浜町堀《はまちょうぼり》の水面《みなも》が月光を映《えい》じて、淡い青磁色《せいじいろ》にひかりながら揺れていた。堀の岸際に群生する葦《あし》が風に揺れ、サワサワと音を立てている。

六ツ半（午後七時）ごろだった。日中は人通りの多い浜町河岸《がし》も、いまは人影がなく、ひっそりとしていた。

その浜町堀沿いの道をふたりの男が歩いていた。火付盗賊改方《ひつけとうぞくあらためかた》の同心、西崎《にしざき》峰之助《みねのすけ》と手先の留助《とめすけ》だった。火付盗賊改方は、俗に火盗改《かとうあらため》とも呼ばれている。主に、火付、盗賊、博奕《ばくち》にかかわる事件の探索、咎人《とがにん》の捕縛《ほばく》などにあたっていた。

「旦那、遅くなりやしたね」

留助が西崎に声をかけた。

「そうだな。……だが、やっと勝蔵《かつぞう》の賭場《とば》が掴《つか》めたな」

西崎が、足を速めながら言った。

ふたりは、深川黒江町《ふかがわくろえちょう》にある勝蔵という男が貸元をしている賭場を探りにいった帰りだった。

西崎の住む屋敷は浜町堀にかかる栄橋《さかえばし》を渡り、東にむかった先にあった。西崎は屋敷に帰るところである。

「旦那、後ろのやつ、浜町河岸に出たときから、ずっと尾《つ》けてきやすぜ」

留助が後ろを振り返って言った。

「何者かな」

西崎も、浜町河岸に出たときから気付いていた。

「あっしらを襲う気かもしれねえ」

「いや、火盗改を襲うことはあるまい。……それに、相手はひとりだ」

背後から歩いてくる男は、小袖を裾高《すそだか》に尻《しり》っ端《ぱしょ》折りし、脚半《きゃはん》に草鞋《わらじば》履きで、長脇差《ながわきざし》を差していた。町人らしいが、渡世人《とせいにん》のような格好である。

「すこし、間がつまってきやしたぜ」

留助の声には、昂《たかぶ》ったひびきがあった。

「やはり、おれたちを尾けているようだな」

西崎にも、背後から来る男との間がつまってきたように見えた。

ただの通行人ではない、と西崎は思った。だが、西崎は恐れなかった。相手はひとりだったし、西崎は腕に覚えがあったのだ。

前方に栄橋が見えてきた。西崎はすこし足を速めた。橋を渡れば、西崎の住む屋敷まですぐである。

「だ、旦那、橋のたもとにもいやすぜ」

留助の声が震えた。

栄橋のたもとの岸際に人影が見えた。武士らしい。袴《はかま》に刀を帯びているのが、分かった。牢人体《ろうにんてい》だった。大柄な男で、大刀を一本、落とし差しにしている。

「う、後ろのやつが、近付いてきた！」

留助が叫んだ。

見ると、後ろの男が走りだした。

橋のたもとにいた武士も、足早に近付いてきた。月光のなかに、武士の姿が浮かび上がった。六尺はあろうかという巨漢である。

「待ち伏せか！」

西崎は、ふたりがこの場で待ち伏せしていたとみた。西崎はすばやく左右に目をやったが、逃げ場はなかった。右手は浜町堀で、左手の通り沿いには店仕舞《みせじま》いして表戸をしめた小店《こだな》が並んでいる。

「留助、岸際に寄れ！」

西崎が叫んだ。背後から攻撃されるのを防ごうとしたのだ。

留助は恐怖に顔をゆがめ、浜町堀を背にして立つと、懐《ふところ》から十手《じって》を取り出した。その十手が、ワナワナと震えている。

西崎も浜町堀を背にして立つと、左手で刀の鯉口《こいぐち》を切り、右手を柄《つか》に添えて抜《ばっ》刀《とう》体勢をとった。

そこへ、渡世人ふうの男と巨《きょ》軀《く》の武士が走り寄った。西崎の前に立ったのは、巨軀の武士だった。赭黒《あかぐろ》い顔をし、ギョロリとした大きな目をしていた。巨漢のせいもあり、鬼のような感じがした。

渡世人ふうの男は留助の前に立つと、腰の長脇差を抜いて切っ先をむけた。面《おも》長《なが》で、目の細い男である。

「何奴だ！」

西崎が誰何《すいか》した。

「おれは、赤鬼だよ」

巨軀の武士が、嘯《うそぶ》くように言った。

「おれを、火盗改と知っての上で仕掛けたのか」

「いかにも」

巨軀の武士が抜刀した。

刀身が月光を反射《はね》てギラリとひかった。二尺七、八寸はあろうかという長刀である。

「おのれ!」

西崎も抜刀した。

西崎は青眼《せいがん》に構え、剣尖《けんせん》を巨軀の武士の目線につけた。腰の据《す》わった隙《すき》のない構えである。

巨軀の武士は、上段に構えた。刀の柄を握《にぎ》った両拳《りょうこぶし》を大きく上げ、刀身を垂直に立てていた。左右の足が、わずかに撞木《しゅもく》になっている。大樹を思わせるような大きな構えだった。西崎の切っ先が、小刻みに揺れた。巨軀の武士の上段の構えに、強い威圧を感じたのである。

ふたりの間合は、およそ三間半——。まだ、一足一刀《いっそくいっとう》の斬撃《ざんげき》の間境《まざかい》の外である。

西崎と巨軀の武士は、全身に気勢を漲《みなぎ》らせて対峙《たいじ》していたが、

「いくぞ!」

と、巨軀の武士が声をかけ、間合をつめ始めた。

巨軀の武士は、足裏を摺《す》るようにしてジリジリと間合をつめてくる。まるで、巨岩が迫ってくるような迫力があった。

西崎は動かなかった。いや、動けなかったといった方がいい。巨軀の武士の構えに強い威圧を感じて、身が竦《すく》んだのである。

巨軀の武士は一気に斬撃の間境に迫ってきた。

斬撃の間境まであと、一歩――。

そのとき、西崎は、イヤアッ！　と甲走《かんばし》った気合を発した。気合で敵の寄り身をとめ、己の闘気を鼓舞《こぶ》しようとしたのだ。

だが、巨軀の武士は西崎が気合を発した一瞬の隙をとらえて、一歩踏み込んだ。巨軀の武士に斬撃の気がはしり、その巨軀がさらに膨《ふく》れ上がったように見えた。

タアリヤッ！

突如、裂帛《れっぱく》の気合を発し、巨軀の武士が斬り込んできた。

上段から真っ向へ――。

長刀が巨軀の武士の頭上で、ギラリとひかった。

一瞬、西崎は刀を振り上げ、巨軀の武士の斬撃を頭上で受けた。ガチッ、という金属音がし、青火《あおび》が散った。西崎が刀身で巨軀の武士の斬撃を頭上で受けた瞬間、西崎の両腕が押し下げられた。凄《すさ》まじい斬撃である。

グサッ、と西崎の頭に巨軀の武士の刀が食い込み、西崎の頭が割れた。血と脳《のう》漿《しよう》が飛び散り、西崎は腰から砕《くだ》けるように倒れた。

西崎は悲鳴も呻《うめ》き声も上げなかった。地面に俯《うつぶ》せに横たわり、四肢《しし》をピクピクと痙攣《けいれん》させていたが、いっときすると動かなくなった。絶命したようである。割れた頭部から流れ出た血が、赤い布をひろげるように地面を染めていく。

「たわいもない」

巨軀の武士が、西崎の死体に目をやってつぶやいた。

このとき、渡世人らしい男も留助を仕留めていた。留助は地面に仰《ぎよう》臥《が》していた。その胸の辺りが、血塗《ちまみ》れになっていた。長脇差で斬られたらしい。

渡世人らしき男は血塗れた長脇差を手にして、巨軀の武士に近寄ってきた。

「旦那、そいつの紙入れでも抜いておきやすか」

渡世人らしき男が、目をひからせて言った。まだ、留助を斬った気の昂りが残っているらしい。

「そうだな」

巨軀の武士が言うと、渡世人らしき男は、西崎の懐を探って紙入れを取り出した。

「いくぞ」

ふたりの男はその場から離れ、足早に浜町堀沿いの道を南にむかった。

2

エイッ！　ヤアッ！

向井泉十郎《むかいせんじゆうろう》は鋭《するど》い気合を発しながら、真剣を振っていた。

そこは、神田小柳町《かんだこやなぎちょう》、古着屋、鶴沢屋《つるさわや》の裏手にある庭だった。庭といっても、せまい土地の隅に紅葉《もみじ》と梅が植えてあるだけである。

泉十郎は鶴沢屋のあるじだった。五十がらみ、初老といった年頃だが、老いは感じさせなかった。剣の修行で鍛《きた》えたせいらしい。体は頑強《がんきょう》だった。胸が厚く、肩幅がひろかった。どっしりと腰が据わっている。

泉十郎は武士で、少年のころから神田松永町《まつながちょう》にあった伊庭軍兵衛《いばぐんべえ》の心形刀《しんぎょうとう》流《りゅう》の道場で修行したのだ。

古着屋のあるじが武士で、しかも剣の遣い手であるのは、それなりの理由があった。泉十郎は、幕府の御庭番《おにわばん》だった。しかも、泉十郎は他の御庭番とちがって特殊な任務にだけあたっていた。そのため、武士であることも隠し、市井《しせい》の古着屋のあるじとして身をひそめていたのである。

泉十郎は剣の遣い手であり、忍びの心得もあった。長く隠密御用《おんみつごよう》の任につかないときは、暇《ひま》を持て余し、ひそかに真剣を振ったりすることがあったのだ。

いま（天保《てんぽう》年間）、将軍は十一代家斉《いえなり》であった。御庭番が配置されたのは、八代将軍吉宗《よしむね》のころである。吉宗は将軍を相続するおり、紀州《きしゅう》から連れてきた薬《くすり》込役《ごめやく》十七家の者たちに御庭番を命じた。薬込役とは、君主の御手銃《おてづつ》に玉薬《たまぐすり》を装《そう》塡《てん》する役である。

薬込役の者は甲賀《こうが》の忍びの者が多く、御庭番として要人の警護や御使いなどにあたっていたが、吉宗の命《めい》を受けて隠密としても活動していたのだ。

御庭番役は家斉のころになってもつづいていたが、泉十郎は他の御庭番とは一線を画《かく》していた。幕臣にも知れないように城下に身を隠し、遠国《おんごく》御用を中心に遠国へ密行し、隠密活動にあたっていたのだ。

そのため、泉十郎を知る他の御庭番は、泉十郎のことを「はみだし者」「はみだし庭番」などと陰で揶揄《やゆ》していた。

そのとき、古着屋から庭に出入りする背戸に近寄る足音がして戸があいた。顔を出したのは平吉《へいきち》である。

平吉は鶴沢屋の奉公人だった。店の手伝いだけでなく、下男も兼ねている。泉十郎は平吉に、自分は武士の隠居で家を出たが、暮らしのためにひそかに古着屋をしていると話してあった。

平吉は還暦《かんれき》を過ぎた年寄りだった。面長で目が細く、狐《きつね》のような顔をしていた。小柄で、すこし腰がまがっている。

「平吉、どうした」

泉十郎は手にした刀を下ろして訊《き》いた。

「客ですぜ」

「めずらしいな」

泉十郎が刀を鞘《さや》に納めて言った。客は、滅多《めった》にこなかったのだ。

「それが、女ですぜ。……若くはねえが、いい女でしてね。旦那はいないか、訊かれたんでさァ」

平吉の顔に薄笑いが浮いていた。よからぬことでも、想像したのかもしれない。

「行ってみるか」

泉十郎は背戸から入り、奥の座敷に刀を置いてから店に出た。

店にいたのは、おゆらだった。おゆらは、女ながら泉十郎と同じ遠国御用にあたる御庭番のひとりだった。

おゆらは、島田髷《しまだまげ》に細縞《ほそじま》の小袖《こそで》姿だった。どこから見ても、町人の年増《としま》である。おゆらの歳は、三十代半ばであろうか。泉十郎でさえ、おゆらの歳を知らなかった。おゆらは、亭主はいないようだし、どこでだれと暮らしているのかも分からない。

泉十郎は、いらっしゃい、と声をかけてから、おゆらに身を寄せ、

「まさか、古着を買いにきたわけではあるまい」

と、小声で訊いた。

「旦那の耳に、入れておこうと思いましてね」

おゆらも、声をひそめた。

「何の話だ」

「浜町河岸でふたり斬り殺されてるんです」

「おれたちに、何かかかわりがあるのか」

市井の殺しは、町奉行《まちぶぎょう》の扱いである。

「殺されたのは、火盗改のようですよ」

「火盗改な」

泉十郎は、火盗改が賊《ぞく》を追っていて返《かえ》り討《う》ちに遭《あ》ったのではないかと思った。

「それが、頭を一太刀《ひとたち》に斬り割られてるんです。殺したのは、腕の立つ武士ですよ」

「行ってみるか」

泉十郎は、遠国御用にかかわるような事件ではないと思ったが、武士に斬られたと聞いて気になった。それに、暇潰《ひまつぶ》しにもなる。

泉十郎は、平吉に「出かけてくる」とだけ言い置き、おゆらとふたりで店から出た。

泉十郎たちは、神田川沿いにつづく柳原《やなぎわら》通りを東にむかい、和泉橋《いずみばし》のたもとを過ぎてから、右手の通りに入った。その通りを南にむかえば、浜町堀沿いの道に出られる。

浜町堀沿いの道へ出ると、

「こっちですよ」

と言って、おゆらが先に立った。

浜町堀にかかる千鳥橋《ちどりばし》のたもとを過ぎてしばらく歩くと、栄橋の手前にひとだかりができていた。

「あそこか」

「そうです」

泉十郎とおゆらは、足を速めた。

ひとだかりに近付いたとき、おゆらが、

「植女《うえめ》の旦那もいますよ」

と、前方を指差して言った。

ひとだかりのなかに、植女京之助《きょうのすけ》の姿があった。植女も、泉十郎たちと同じ御庭番である。

植女は牢人体で、総髪《そうはつ》を無造作《むぞうさ》に後ろで束《たば》ねていた。小袖に袴姿で、大刀を一本だけ差している。

植女は、二十代半ばだった。面長で、切れ長の目をしていた。端整《たんせい》な顔だちだが、憂《うれ》いをふくんだ翳《かげ》がある。少年のころに父母を亡くし、その後、叔父《おじ》の家で育てられたが、そのせいかもしれない。

ひとだかりのなかには、町奉行所の同心や武士の姿もあった。町奉行所の同心は、羽織《はおり》の裾を帯に挟む、巻き羽織と呼ばれる独特の格好をしているので、姿を見ればそれと分かる。武士のなかには、火盗改もいるようだった。

泉十郎とおゆらは人垣を分けて、植女に近付いた。

「向井どのと、おゆらか」

植女の声には、抑揚《よくよう》がなかった。表情も動かさない。

「植女の旦那も、来てたのかい」

おゆらは植女にすり寄って、鼻声で言った。おゆらは、植女を好いているらしい。

「ああ、武士が頭を斬り割られたと聞いてな」

植女が、気のない声で言った。

3

「死体は、どこに」

泉十郎が訊いた。

「そこだ」

植女が指差した。

三間ほど離れたところに、町奉行所の定廻《じょうまわ》り同心と思われる男と、ふたりの武士が立っていた。三人の足元の叢《くさむら》に、男がひとり俯《うつぶ》せに倒れていた。武士らしい。頭部と背が、どす黒い血に染まっていた。その周囲に、同心とふたりの武士の手先と思われる者が五、六人集まっていた。立っているふたりの武士は、火盗改の与力と同心かもしれない。

「近付いてみるか」

泉十郎たち三人は、叢に横たわっている男に近付いた。

「そこもとたちは」

火盗改の与力と思われる羽織袴姿の武士が、泉十郎たちに顔をむけて訊いた。三十がらみであろうか、眼光の鋭い武士だった。

「通りすがりの者でござる」

植女が抑揚のない声で言った。

「近寄らんでくれ」

火盗改の与力らしい武士が言い、足元に横たわっている武士に視線をむけた。

泉十郎たち三人はその場に足をとめ、武士の死体を取りかこんでいる男たちの肩越しに覗《のぞ》いた。

……頭を一太刀か！

凄まじい斬撃を思わせる傷だった。頭が割れ、柘榴《ざくろ》のようにひらいた傷口から、白い頭骨が覗いている。他に傷はなかった。下手人《げしゅにん》は、武士を一太刀で仕留めたのである。遣い手とみていいようだ。

「剛剣の主だな」

植女が声を殺して言った。

「そのようだ」

泉十郎はいっときして、その場から身を引いた。それ以上、武士の死体を見ていてもしかたがないのだ。

「もうひとりは」

泉十郎が訊いた。おゆらから、ふたり殺されていたと聞いていたのだ。

「あそこですよ」

おゆらが指差した。

五、六間離れたところに、別のひとだかりができていた。そこには八丁堀《はっちょうぼり》同心の姿があったが、火盗改と武士の姿はなかった。
「行ってみよう」

泉十郎たちは、別のひとだかりに近付いた。

こちらのひとだかりはまばらで、集まっているひとの間から倒れている死体のそばに近付くことができた。

男がどす黒い血に染まって、仰向《あおむ》けに倒れていた。両眼を見開き、口をあんぐりあけたまま死んでいた。胸を刃物で突かれたらしい。こちらは町人体だった。

殺された火盗改の手先だろうか。

「刀か匕首《あいくち》で、刺されたようだな」

植女が死体に目をむけながら言った。

「いずれにしろ、下手人は腕が立つようだ」

下手人は、心《しん》ノ臓《ぞう》を一突きで刺して仕留めていた。相手が町人であっても、腕が立ち殺し慣れた者でなければ、一突きで仕留めるのはむずかしい。

泉十郎たち三人はそれだけ見ると、ひとだかりから離れた。

「どうする」

植女が訊いた。

「おれたちが動くのは、土佐守《とさのかみ》さまの指図を受けてからだ。……いまのところ、おれたちとかかわりがあるとは思えんが」

泉十郎は、辻斬《つじぎ》りや追剝《おいは》ぎの類《たぐい》ではないとみた。火盗改の同心が、博奕か盗賊の探索にあたり、返り討ちに遭ったのではないかと思ったのだ。

土佐守は、御側御用取次《おそばごようとりつぎ》の相馬《そうま》土佐守勝利《かつとし》のことだった。泉十郎たちは、他の御庭番と同じように将軍直属だが、実際はほとんど相馬に呼び出されて指図を受けていた。それも遠国御用だけである。

「おれは、帰る」

泉十郎が言った。

「植女の旦那は、どうするんだい」

おゆらが、植女に身を寄せて訊いた。

「おれも、帰る」

「ふたりが帰るなら、あたしも帰るよ」

三人は、浜町堀沿いの道を北にむかった。

植女は神田平永町《ひらながちょう》に住んでいた。平永町は、泉十郎の住む小柳町と隣接していた。植女はおきぬという女と住んでいるが、妻ではなく情婦《いろ》らしい。

泉十郎が、浜町堀沿いでふたりの死体を見た五日後。泉十郎が古着屋の奥の小座敷に座っていると、手ぬぐいで頰《ほ》っかむりした男がひとり、店に入ってきた。

「いらっしゃい」

泉十郎はすぐに立ち上がったが、兵助《ひょうすけ》であることが分かった。

兵助は疾風《はやて》の兵助と呼ばれる男で、泉十郎たち御庭番の繫《つな》ぎ役をしていた。身分は御家人だが、ふだんは町人のような身装《みなり》で暮らしていた。

兵助は健脚、駿足《しゅんそく》だった。それで、疾風の兵助と呼ばれている。繫ぎ役には適任で、泉十郎たちといっしょに江戸を離れて遠国にむかうこともあった。

「お安くしときますよ」

泉十郎はそう声をかけて兵助に近付き、

「知らせか」

と、小声で訊いた。

「土佐守さまが、お呼びでございます」

兵助が小声で言った。やはり、土佐守の使いで来たのだ。兵助は、泉十郎たち御庭番だけのときは武家言葉を使うこともあった。

「いつ、お屋敷にうかがえばいい」

「明日の戌《いぬ》ノ刻《こく》（午後八時）、土佐守さまの屋敷のいつもの場で」

「承知した」

「それがしは、これにて」

兵助は、踵《きびす》を返した。

4

泉十郎は、陽《ひ》が沈んでから古着屋を出た。むかった先は、神田小川町《おがわまち》だった。相馬の屋敷は小川町にあったのだ。

泉十郎は闇に溶ける茶の筒袖に裁《た》っ着《つ》け袴、草鞋履きである。武士というより忍者のような扮装《いでたち》だった。

相馬の屋敷は、小川町の一《ひと》ツ橋《ばし》通りにあった。相馬家は八千石の大身《たいしん》で、表門は門番所付の長屋門《ながやもん》である。門扉《もんぴ》は乳鋲《ちびょう》の付いた堅牢《けんろう》なもので、固く閉ざされていた。

泉十郎は表門の前を通り過ぎ、脇道に入って裏門にむかった。裏手にも若党や足軽の住む長屋がつづいていた。灯《ひ》の洩《も》れている部屋もあったが、多くが夜陰《やいん》につつまれている。裏門のくぐりは、あいていた。いつものことだが、相馬は泉十郎たちを屋敷内に呼ぶとき、裏門のくぐりをあけておくのだ。

泉十郎はくぐりから入ると、表屋敷にむかった。大身の旗本屋敷は、奥と表の区別が厳重だった。家臣たちも勝手に奥に出入りすることはできない。

泉十郎は家士《かし》たちの住む長屋の脇を経《へ》て、表屋敷の中庭に入った。泉十郎は何度も来ていたので、辺りは闇に閉ざされていたが、迷うようなことはなかった。

泉十郎が中庭に入ると、庭に面した座敷の障子《しょうじ》が明らんでいた。相馬がいるようだ。そこは書院で、泉十郎たちと会うときに使われる部屋である。

泉十郎はいつものように書院の濡《ぬ》れ縁《えん》の前に片膝《かたひざ》を突いて、

「土佐守さま、向井泉十郎にございます」

と、座敷にだけ聞こえる声で言った。

「向井か」

座敷から相馬の声がし、立ち上がる気配がした。

すぐに、障子があいて、相馬が顔を出した。

い。

「夜分、ご苦労。……また、その方《ほう》たちに頼みがある」

相馬が、小声で言った。屋敷にいる者たちに聞こえないよう、気を使ったらしい。

相馬は五十がらみだった。痩身《そうしん》で、面長である。鼻梁《びりょう》が高く、眼光が鋭かった。武芸には縁のなさそうな体付きだが、能吏《のうり》らしい顔付きである。

「向井、過日、火付盗賊改方の同心が何者かに斬殺されたそうだが、知っているかな」

相馬が、向井に目をむけて訊いた。

「はい、噂《うわさ》には聞いております」

泉十郎は、現場に行ったことは口にしなかった。まだ、相馬からの指図がないうちに、探索にあたっていたと思われたくなかったからである。

「実は、火付盗賊改方の頭《かしら》、小野《おの》どのから内々に話があったのだがな。半年ほど前、上州《じょうしゅう》にむかった火盗改の者が、ふたりも斬り殺されたというのだ」

小野左太夫《さだゆう》は、火盗改の御頭だった。小野は御先手組、鉄砲組の頭でもあった。御先手組は弓組と鉄砲組に分かれ、どちらかが火付盗賊改方にもついたのだ。そして、小野の配下の者が、与力や同心になったのである。したがって、町奉行所のように決まった役所はなく、火付盗賊改方についた旗本の屋敷が、火盗改の役所になったのである。

「ふたりもですか」

思わず、泉十郎が聞き返した。ふたり殺されたことは、知らなかったのだ。

火盗改の活動地域は江戸が主であったが、関八州《かんはっしゅう》はもとよりさらに遠方に出向いて、盗賊や博奕にかかわる咎人の追捕《ついぶ》にもあたっていた。そのため、上州で火盗改の者が殺されることもあるだろうが、滅多《めった》にあることではない。それも、ふたり殺されたというのだ。

「そうだ。……さらに、江戸でも、探索にあたっていた火盗改の同心が斬り殺されたわけだ。小野どのは、此度《こたび》の件と半年ほど前、上州で同心が斬られた件は同じ筋とみているようだ」

「なにゆえ、同じ筋とみられたのですか」

泉十郎が訊いた。

「わしは聞いただけだが、上州で斬られた者と江戸で斬られた者の傷がよく似ており、火盗改の者は、同じ下手人に斬られたとみているらしい」

「……」

泉十郎は何も言わなかったが、頭を斬り割られた傷ではないかと思った。

「火盗改の者たちは、此度の件の根は上州にあるとみているらしい。それで、江戸でも探索にあたるが、上州にも出向き、事件にかかわった者たちを捕らえたいとのことだった。上州の根を断たねば、此度の件の始末はつかぬ、ということだな」

「それがしは、いかように動けば」

泉十郎が訊いた。

「ちかいうちに、火盗改から腕の立つ者が四人、上州にむかうという。その四人に同行してもらいたい。……小野どのは、その四人だけでは心許無《こころもとな》いというのだ。そうかといって、火盗改の者が大挙して上州に出向いたら、何事か起こったのかと、上州の諸藩の目が火盗改にむけられる。うまく、始末がつけばいいが、それで始末がつかなかったら、火盗改だけでなく公儀《こうぎ》の御威光《ごいこう》にも疵《きず》がつく」

「いかさま」

泉十郎がうなずいた。

「それでな、小野どのに、上州に出向く四人の火盗改の者に、遠国御用の御庭番の手を貸してもらえまいか、とひそかに頼まれたのだ」

「それがし、ひとりでございますか」

「いつものように、植女とおゆらもいっしょだ」

「心得ました」

泉十郎は、植女とおゆらがいっしょなら心強いと思った。

「それから、もうひとつ、話しておくことがある。……数日のうちに、兵助にこまかいことを伝えさせるが、火盗改の与力の清水達之助《しみずたつのすけ》なる者と会って、今後のことを相談してくれ」

「承知しました」

「いつものように、江戸を発《た》つ前にわしに知らせろ。渡しておく物があるからな」

相馬の声が、おだやかになった。顔に笑みが浮いている。

渡す物は、金子《きんす》である。相馬は、泉十郎たちが遠国御用に出立《しゅったつ》する前、決まって相応《そうおう》の金を渡していた。旅に出るには、金がいるからである。

「向井、頼んだぞ」

「ハッ」

泉十郎は低頭し、そのまますこし後じさりしてから反転して走りだした。泉十郎の姿が、夜陰に吸い込まれるように消えていく。

5

翌日、植女が古着屋に姿をあらわした。

植女は古着を吊《つる》した店のなかで、泉十郎と顔を合わせると、

「土佐守さまから、何か話があったのか」

と、声をひそめて訊いた。

「おれが、土佐守さまと会ったのを知っているのか」

泉十郎は、今日のうちに植女の住む家に出向いて、話そうと思っていたのだ。

「昨日、向井どのが今川町《いまがわちよう》の方へ向かう姿を見掛けたのだ」

「そうか」

泉十郎は、歩きながら話そう、と言って、店から出た。平吉がどこかで聞いているかもしれないのだ。

泉十郎と植女は通りに出ると、柳原通りの方へ足をむけた。柳原通りは、神田川沿いの道である。

「土佐守さまから、話があったのだ。火盗改が殺された件を始末するために、上州へむかえとな。……植女とおゆらも、いっしょだ」

泉十郎が、兵助から、植女とおゆらのところにも話がいくはずだ、と言い添えた。相馬は、これまでも三人を別々に呼んで指図していたのだ。

「やはりそうか」

植女がつぶやくように言った。

「上州にむかう前に、火盗改の与力の清水達之助なる者と会って、これまでの経《いき》緯《さつ》と上州の様子を聞く機会があるらしい」

「すると、火盗改の者たちといっしょか」

「そうなるな。……おれたちは、表には出ないがな」

「上州か」

植女が遠方に目をむけながら言った。

「植女、おゆらにも話しておいてくれぬか」

「分かった」

植女がうなずいた。

四日後、泉十郎と植女は、神田須田町《すだちよう》にある柳屋《やなぎや》というそば屋で、火盗改の清水と会うことになった。兵助から連絡があったのである。おゆらは、柳屋に来なかった。おゆらは自分が御庭番であることを知られるのを嫌い、こうした男たちの集まりには顔を出さなかったのだ。

柳屋は中山道沿《なかせんどう》いにあり、そば屋としては二階建ての大きな店だった。

泉十郎たちが柳屋に入り、店のあるじに清水の名を告げると、

「清水さまたちは、二階でお待ちでございます」

と、腰を低くして言い、泉十郎と植女を二階の座敷に案内した。

座敷に、三人の男が待っていた。三十がらみと思われる眼光の鋭い武士が、

「こちらへ」

と言って、泉十郎と植女を用意してあった座布団《ざぶとん》に座らせた。

泉十郎は、その男の顔に見覚えがあった。浜町堀沿いの道で斬殺されていた火盗改の死体のそばにいた男である。

「それがし、与力の清水達之助にござる」

男が名乗った。

清水につづいて、同席したふたりが、同心の桑原里之助《くわばらさとのすけ》、田島恭四郎《たじまきょうしろう》と名乗った。

「向井泉十郎でござる」

泉十郎は、身分を口にしなかった。自ら御庭番を名乗ることはなかったし、清水は御頭の小野から聞いているはずなのだ。

「植女京之助です」

植女も名乗った。いつものことだが、植女はまったく表情を変えなかった。

「おふたりとは、浜町河岸でお会いしたな」

清水が、表情をやわらげて言った。

泉十郎と植女は、無言でうなずいた。

そのとき、座敷の障子があいて、あるじと小女《こおんな》が酒肴《しゅこう》の膳《ぜん》を運んできた。清水が、泉十郎たちが見え次第、用意するよう店の者に話しておいたのだろう。

「そばは、後にした。……まずは、一献《いっこん》」

そう言って、清水が銚子《ちょうし》をとり、泉十郎と植女に酒をついだ。

いっとき、泉十郎たちは酒をつぎ合って喉《のど》を潤《うるお》した後、

「浜町堀で殺されたのは、それがしの配下の同心、西崎峰之助でござる」

清水がそう言って、話を切り出した。

清水によると、西崎は留助という手先を連れ、勝蔵という男の賭場を探りに深

川黒江町にいった帰りに、何者かに襲われたという。

「すぐに、火盗改の者が黒江町に出向き、勝蔵の賭場にあたったのだが、もぬけの殻《から》でござった」

清水が無念そうな顔をして言った。

「それで、西崎どのを斬った者だが、心当たりは」

泉十郎は、頭を斬り割るという特異な剣を遣《つか》う者のことを訊いたのだ。小野の話では、上州で斬られた火盗改の者の傷と似ていたことから、火盗改の者たちは同一人物の仕業《しわざ》とみているとのことだった。

「半年ほど前、上州に出向いた与力の藤枝勝之助《ふじえだかつのすけ》どのと同心の野々宮房次郎《ののみやふさじろう》が、斬り殺されたのだが、藤枝どのに残されていた刀傷《かたなきず》が、浜町堀で殺された西崎とほぼ同じものだったのだ。それで、藤枝どのと西崎は、同じ者の手にかかったとみたわけだ」

「そういうことか」

泉十郎は、浜町河岸で殺された西崎の傷は特異なものなので、同一人物に斬られたとみていいと思った。

そのとき黙って聞いていた植女が、

「上州に出向くと聞いているが、どういうことでござる」

と、清水に訊いた。

泉十郎も、上州で斬られた者と浜町河岸で斬られた者が同じ下手人の手にかかったとしても、わざわざ上州に出向く必要はないと思った。上州で斬った者が、江戸へ出てきて西崎を斬ったとみる方が自然である。

「黒江町で賭場をひらいていた勝蔵を捕らえるためでござる。……勝蔵は、中山道の倉賀野宿《くらがのしゆく》で賭場をひらいていた貸元の黒岩《くろいわ》の繁五郎《しげごろう》の右腕だったらしいのだ」

清水によると、勝蔵は三年ほど前、倉賀野宿を出て江戸に入り、黒江町に賭場をひらいたらしいという。

「なぜ、倉賀野宿にいた者が、江戸へ出て賭場をひらいたのだ」

泉十郎が訊いた。

「勝蔵は若いころ黒江町界隈《かいわい》で幅を利《き》かせていた博奕打ちで、当時の火盗改の者が賭場の手入れをしたとき、勝蔵は江戸から逃げて中山道へ入り、倉賀野宿の賭場に出入りするようになったらしい。そのうち、賭場をひらいていた繁五郎が勝蔵を気に入り、繁五郎の子分として倉賀野宿に住み着いたようだ」

「その勝蔵が、黒江町に舞い戻り、賭場をひらいたわけか」

「おそらく、勝蔵は深川に賭場をひらけば、倉賀野宿の賭場とちがって大金が手に入るとみたのだ。……中山道の宿場の倉賀野で、賭場に出入りするのは、駕籠《かご》かき、馬子《まご》、渡世人、それに宿場や近隣に住む道楽者ぐらいだからな。それほどの金が動くわけではない」

「そういうことか」

泉十郎は猪口《ちよこ》の酒を飲み干した後、

「上州にむかうのは、勝蔵が倉賀野宿にもどったとみたからなのか」

と、声をあらためて訊いた。

「そうだ。……勝蔵は、賭場をとじただけでなく、情婦《いろ》といっしょに暮らしていた家からも姿を消した」

清水によると、勝蔵の子分だった男を捕らえて話を聞き、勝蔵が黒江町から姿を消したことが分かったという。

「西崎どのを斬った男もいっしょか」

泉十郎が訊いた。

「赤鬼もいっしょのようだ」

清水が勝蔵の子分から聞いた話によると、西崎を斬った男は巨軀で赤ら顔をしており、自ら、赤鬼と名乗っているという。

「すると、赤鬼は勝蔵といっしょに江戸へ出て、倉賀野宿へもどったというわけか」

上州で斬られた藤枝と浜町河岸で斬られた西崎の傷は、赤鬼と名乗る男に斬られたものとみていい。

「おれたちは、そうみている」

清水がそう言うと、脇に座していたふたりの同心がうなずいた。

「それで、いつ上州へむかう」

泉十郎が訊いた。

「すぐには行かず、何日か江戸に残って勝蔵や子分たちのことを探ってからにするつもりだ」

清水によると、勝蔵たちがまちがいなく倉賀野にむかったのかはっきりしてから、江戸を発ちたいという。

「承知した」

泉十郎も、深川で勝蔵や赤鬼と名乗った男のことを探ってからでも遅くないと思った。

6

泉十郎が古着屋から出ると、店の脇に植女とおゆらの姿があった。

「待たせたか」

泉十郎が植女に声をかけた。

「いや、おれたちもいま来たところだ」

泉十郎と植女が清水たちと会った翌日だった。

泉十郎は柳屋からの帰りに植女と話し、倉賀野宿にむかう前に深川黒江町に出向き、勝蔵と赤鬼を名乗る男のことを探ってみることにしたのだ。そのさい、ふたりで相談し、おゆらも黒江町に同行することになった。

泉十郎たち三人は、柳原通りに出ると、

「おゆら、土佐守さまと会ったのか」

と、泉十郎が訊いた。

「会いましたよ。あたしも、旦那たちといっしょに旅に出ます。よろしくね」

おゆらが、泉十郎と植女に目をやって言った。

おゆらは、島田髷に小袖姿で下駄《げた》を履《は》いていた。江戸の町のどこでも見かける町人の年増である。

「昨日、火盗改の清水どのに会って、いろいろ話を聞いたのだ」

泉十郎はそう前置きし、清水たちとの話をかいつまんで話した。

「それで、倉賀野まで行くわけですか」

おゆらは、鶴沢屋に来る間に、植女から行き先を聞いていたらしい。

「旅立つ前に、勝蔵と赤鬼のことを探っておこうと思ってな。それに、気になることがあるのだ」

泉十郎が歩きながら言った。

「気になることとは」

植女が訊いた。

「いや、勝蔵と赤鬼だ。清水どのの話では、ふたりは火盗改を恐れて倉賀野へ逃げ帰ったようだが、はたしてそうかな」

火盗改の同心と手先を襲って殺した男たちが、火盗改の手で賭場のある場所が摑まれたということだけで、尻尾《しっぽ》を巻いて倉賀野宿へ逃げ帰るだろうか、と泉十郎は思ったのだ。このまま倉賀野へ逃げ帰ったら、勝蔵も赤鬼と呼ばれる男も、親分に合わせる顔がないのではあるまいか。

泉十郎が思っていたことを話すと、

「言われてみれば、そうだな」

と、植女がつぶやいた。

「黒江町で探ってみれば、分かるはずですよ」

おゆらが言った。

「そのつもりで、黒江町へ行くのだ」

三人はそんなやりとりをしながら歩いた。

大川《おおかわ》にかかる両国橋《りょうごくばし》を渡って本所相生町《ほんじょあいおいちょう》に出た後、大川端の道を深川にむかった。そして、富《とみ》ケ岡八幡宮《おかはちまんぐう》の門前通りにむかい、掘割《ほりわり》にかかる八幡橋《はちまんばし》のたもとで足をとめた。橋を渡った先が黒江町である。

「どうする。三人いっしょだと、人目を引くぞ」

泉十郎が、植女とおゆらに目をやって言った。

「ここで、分かれましょうよ。一刻（二時間）ほど探って、またここに集まることにしたら」

おゆらが言った。

「おれは、賭場をあたってみよう」

泉十郎は植女とともに清水たちと話したとき、賭場のことと、勝蔵が情婦といっしょに暮らしていた家のことを聞いていたのだ。

「おれは、勝蔵の家の近くで聞き込んでみる」

植女が言うと、おゆらが、

「あたしも、植女の旦那といっしょに勝蔵の家の近くに行ってみるよ」

と、植女に目をやりながら言った。

「おゆら、勝蔵の家の近くにいっしょに行くわけにはいかないぞ。ふたりで歩いていたら、人目を引くからな」

植女がそう言って歩きかけると、

「分かってますよ。あたしは、植女の旦那とは別の場所で探ってみるから」

おゆらは、植女からすこし間をとってついていった。

ひとりになった泉十郎は、八幡橋を渡って富ケ岡八幡宮の門前通りに入ると、前方に見える一ノ鳥居《とりい》にむかって歩いた。

泉十郎は、清水から勝蔵の賭場のある場所を聞いていた。清水によると、一ノ鳥居の手前に八和浜《やわはま》という料理屋があり、その店の脇の路地を一町ほど入ったところに賭場があるとのことだった。

泉十郎は通りの左右に目をやりながら歩き、一ノ鳥居が近付いたところで右手にある料理屋を目にとめた。その辺りでは目を引く、大きな料理屋である。

店先に近付くと、掛け行灯《あんどん》に「料理処八和浜」と記してあるのが見えた。その八和浜の脇に路地がある。

泉十郎は路地に入った。狭い路地だが、人通りは結構多かった。路地沿いに小体《こてい》なそば屋、縄暖簾《なわのれん》を出した飲み屋、一膳めし屋など、飲み食いする店がごてごてとつづいていた。富ケ岡八幡宮に来た参詣《さんけい》客や遊山《ゆさん》客などが流れてくる路地らしい。

しばらく歩くと、路地沿いの店はまばらになり、人影もすくなくなってきた。空き地や笹藪《ささやぶ》などが目につく。

……稲荷《いなり》の先だったな。

泉十郎は、路地沿いにちいさな稲荷があり、その斜向《はすむ》かいにある板塀《いたべい》をめぐらせた妾宅《しょうたく》ふうの家が、勝蔵の賭場だと聞いていた。

それから一町ほど歩き、泉十郎は路地沿いにちいさな赤い鳥居があるのを目にとめた。稲荷である。

「あれだ」

思わず、泉十郎は声を上げた。

稲荷の斜向かいに板塀でかこまれた仕舞屋《しもたや》があった。妾宅ふうの家である。

泉十郎は妾宅ふうの家に近付いた。板塀越しに戸口に目をやると、板戸がしまっていた。ひっそりとして、ひとのいる気配はなかった。

泉十郎は通行人を装って家の前を通りながら目をやったが、家にはだれもいないようだった。

7

泉十郎は路地沿いにあった八百屋《やおや》に立ち寄り、店先にいた親爺《おやじ》に、

「そこにある家だが、借家ではないのか」

と、訊いた。

「いえ、十日ほど前まで色っぽい年増が住んでやしたよ」

親爺が口許《くちもと》に薄笑いを浮かべて言った。

「おれは、家を探しているのだが……。ちと、面倒をみなければならぬ者がいてな」

泉十郎が急に声をひそめて言った。

「旦那も、お好きなようで」

親爺が、ニヤリと笑った。

「あの家は、だれのものか知らないか」

さらに、泉十郎が訊いた。

「旦那、あの家は諦《あきら》めた方がいいですぜ。ただの家じゃァねえんで」

親爺が、急に顔の笑いを消した。

「幽霊《ゆうれい》でも出るのか」

泉十郎が、親爺に身を寄せて訊いた。

「幽霊じゃァねえ。火盗改の旦那たちに目をつけられている家でさァ」

「なに、すると、盗人《ぬすっと》の塒《ねぐら》か」

泉十郎は、親爺に話させるためにわざと見当ちがいのことを口にしたのだ。

「盗人じゃァねえ。……これですよ」

親爺が、壺《つぼ》を振る真似《まね》をして見せた。

「博奕か」

「そうでさァ。あそこは、賭場だったようで……」

親爺が泉十郎に身を寄せて言った。

「それで、火盗改の手が入ったのか」

「手が入《へえ》る前に、賭場をしめて姿を消しちまったんでさァ」

「すると、だれもつかまらなかったのだな」

「つかまるどころか、賭場を探ってた火盗改の旦那まで、殺しちまったんですぜ」

親爺が、眉《まゆ》を寄せて言った。

「なに、火盗改まで殺したと」

泉十郎は驚いてみせた。

「そうでさァ」

「賭場の貸元は逃げたのか」

「逃げたかどうか知らねえが、賭場はしめたままで」

「だれも、寄り付かないというわけか」

「子分らしい男が、時々、様子を見にきやすよ。……ほとぼりが冷めたころ、またひらくんじゃァねえかな」

親爺が声をひそめて言った。

「そうか」

勝蔵は火盗改の探索を恐れて逃げたのではないようだ、と泉十郎は思った。泉十郎は親爺に、子分の名や居所をそれとなく訊いてみたが、親爺は知らなかった。

「あの家に、手を出さない方がいいな」

そう言い残し、泉十郎は八百屋の店先から離れた。

泉十郎は来た道を引き返しながら、もう一度仕舞屋の前に足をとめて様子を窺《うかが》ってみた。やはり、ひとのいる気配はなかった。

泉十郎は、富ケ岡八幡宮の門前通りに足をむけた。すこし早いが、このまま八幡橋のたもとにもどるつもりだった。

泉十郎が賭場だった家から遠ざかったとき、家の脇から遊び人ふうの男が路地に出てきた。そして、泉十郎の後ろ姿に目をやりながら、

「あの二本差し、この家を探っていたようだ」

とつぶやき、泉十郎の後を尾け始めた。

男は、泉十郎が門前通りを出て八幡橋の方へ歩き出すと、すこし間をつめて尾けてきた。門前通りは人通りが多く、身を寄せても気付かれる恐れがなかったからだ。

一方、泉十郎は、尾行されたことにまったく気付かなかった。八幡橋のたもとに、植女たちの姿はなかった。まだ、もどっていないようだ。

泉十郎が堀の岸際に立っていっとき待つと、植女が姿を見せ、つづいておゆらももどってきた。

「歩きながら、話すか」

泉十郎がふたりに声をかけ、来た道を引き返した。今日は、このまま小柳町に帰るつもりだった。

「おれから、話そう」

泉十郎はそう切り出し、賭場がとじたままだったことと、八百屋の親爺から聞いたことを一通り話し、

「賭場はしめたが、またひらくつもりではないかな」

と、言い添えた。

「おれも、それらしいことを聞いたぞ」

植女によると、勝蔵の住処《すみか》は大店《おおだな》の隠居所《いんきょじょ》だったところで、贅沢《ぜいたく》な造りの家だという。そこに、子分らしい男が数人出入りし、妾《めかけ》らしい女も姿を見せたそうだ。

「その家はしまっていたが、子分たちはいまも出入りしているようだ。勝蔵はほとぼりが冷めたころもどってくるつもりではないかな」

「やはり、またひらくつもりらしいぞ」

泉十郎が言い添えた。

「あたしは、勝蔵の情婦《いろ》のことを聞いたんですけどね。おとせという名で、門前通りにある小料理屋の女将《おかみ》をしてたようですよ」

おゆらが言った。

「その女は、いまどうしているか分かるか」

泉十郎が訊いた。

「いま、どこで何してるか分からないけど、その小料理屋には顔を出すことがあるらしいよ」

おゆらは、小料理屋から出てきた客からそれとなく話を聞いたという。

「おれは、勝蔵と赤鬼はまだ深川のどこかに身をひそめているような気がするのだがな」

泉十郎が言った。

「おれも、そんな気がする」

植女がうなずいた。

「いずれにしろ、上州にむかうのは、勝蔵と赤鬼が深川を離れたことがはっきりしてからだな」

泉十郎は、上州に向かうのはまだ早いと思った。

8

泉十郎、植女、おゆらの三人は、大川端の道に出た。帰りは永代橋《えいたいばし》を渡り、日本橋《にほんばし》へ出てから小柳町へむかうつもりだった。

夕陽が、大川の先の日本橋の家並の向こうに沈みかけていた。まだ、頭上には青空がひろがっていたが、半刻（一時間）すれば、暮《く》れ六《む》ツ（午後六時）の鐘が鳴るのではあるまいか。

永代橋のたもとが近くなったとき、植女が泉十郎に身を寄せ、

「後ろのふたり、八幡橋の近くから尾けてきたぞ」

と、小声で言った。

「おれも、気付いていた。勝蔵の手先かも知れんな」

遊び人ふうの男がふたり、一町ほど後ろから歩いてくる。植女の言うとおり、泉十郎たちから一町ほどの距離を保ったままである。

「どうする」

「いい機会だ。鬼が出るか、蛇《じゃ》が出るか。あやつらに、襲わせてみるか」

泉十郎が言った。

「いいだろう」

植女が目をひからせてうなずいた。

植女は、田宮《たみや》流《りゅう》居合《いあい》の達人だった。相手が武士でも、滅多《めった》に後《おく》れをとるようなことはない。

「おゆらにも手を借りよう」

泉十郎はすこし歩調を緩《ゆる》め、おゆらに近付くと、

「おゆら、後ろのふたり、おれたちを尾けてきたようだぞ」

と、声をひそめて言った。

「気付いてましたよ」

「それなら早い。おゆら、どこかでおれたちから離れ、ふたりの後ろにまわってくれ。やつらが仕掛けてきたら、様子を見て手裏剣《しゆりけん》を打て。どこかで、赤鬼たちがくわわるかもしれん」

「承知」

おゆらがうなずいた。

泉十郎たちは、永代橋のたもとまで来た。急に人通りが多くなり、泉十郎と植女は行き交《か》うひとのなかを縫《ぬ》うように歩いた。

橋を渡り始めると、ひとの流れのなかを歩くことができた。

「おゆらが、消えたぞ」

植女がそれとなく背後を振り返って言った。

「おゆらのことだ。人混みのなかで、後ろのふたりの背後にまわったのだろう」

「そのふたりだがな、別の三人の後ろにまわったぞ」

「三人だと」

泉十郎はそれとなく背後に目をやった。

武士がふたり、渡世人ふうの男がひとりいた。ふたりの武士は、牢人体である。ひとりは、六尺はあろうかという巨漢だった。ふたりとも、大刀を一本だけ落とし差しにしている。

「やつが、赤鬼だぞ！」

泉十郎は、巨漢の武士が赤鬼と呼ばれる男とみた。遠目にも、鬼のような風貌《ふうぼう》に見える。赤鬼が江戸にいるなら、勝蔵も江戸にいるとみていい。

「そうらしいな」

植女がうなずいた。

「仕掛けてくるのは、三人か」

遊び人ふうのふたりは、闘《たたか》いにくわわらないのではないか、と泉十郎はみた。

「どこで、仕掛けてくるかな」

「場所は分からぬが、暮れ六ツ（午後六時）を過ぎてからだな」

これから先の行徳河岸《ぎょうとくがし》や日本橋川沿いの道は人通りが多かった。暮れ六ツを過ぎて通り沿いの店が表戸をしめ、人通りが途絶《とだ》えてからだろう。

泉十郎と植女は永代橋を渡り、日本橋川沿いの通りを経て、入堀《いりぼり》沿いの道に入った。そして、大伝馬町《おおでんまちょう》の近くまで来たとき、石町《こくちょう》の暮れ六ツの鐘の音が聞こえた。

その鐘の音が合図でもあったかのように、通りのあちこちから商家の表戸をしめる音が聞こえてきた。

泉十郎と植女は、日本橋の表通りを北にむかった。いっときすると、通り沿いの店があらかた店仕舞いしたこともあって、通行人の姿はあまり見られなくなってきた。

「きたぞ！」

泉十郎が振り返って言った。

ふたりの武士と、渡世人ふうの男が駆け寄ってきた。跡を尾けてきたふたりの遊び人ふうの男は、三人の後方から近付いてくる。

泉十郎と植女は、逃げるつもりはなかった。背後にまわられるのを防ぐため、店仕舞いした大店を背にして立った。

三人の男が、ばらばらと走り寄った。

植女は左手で刀の鍔元《つばもと》を握って鯉口を切った。そして、右手を刀の柄に添えた。居合の抜刀体勢をとったのである。

　植女の前には、中背《ちゆうぜい》の武士が立ち、泉十郎の前には巨軀の武士がまわり込んだ。渡世人ふうの男は、植女の左手にまわり込もうとしている。

　植女と中背の武士との間合は、三間半ほどあった。中背の武士は、刀の柄を握って刀を抜こうとした。

　そのときだった。植女は居合の抜刀体勢をとったまま、スルスルと中背の武士に迫り、
　イヤアッ！

　と、裂帛の気合を発して抜きつけた。

　シャッ、という抜刀の音がし、閃光《せんこう》が袈裟《けさ》にはしった。

　迅《はや》い！　神速《しんそく》の居合の抜き付けである。

　咄嗟《とつさ》に、中背の武士は抜刀したが、間にあわなかった。ザクリ、と中背の武士の肩から胸にかけて小袖が裂《さ》け、あらわになった肌に血の線がはしった。次の瞬間、赤くひらいた傷口から血が迸《ほとばし》り出た。

　中背の武士は、血を撒《ま》きながら後ろによろめいた。

　これを見た渡世人ふうの男は驚愕《きようがく》に目を剝《む》き、一瞬棒立ちになった。

「源次《げんじ》、そいつが遣ったのは、居合だ！　いったん抜けば、遣えない」

巨軀の武士が叫んだ。渡世人ふうの男は、源次という名らしい。

「そうかい」

源次はすばやく植女の前に出て、長脇差の切っ先をむけた。

植女は脇構えにとった。居合の抜刀の呼吸で、脇構えから刀身を払うのである。居合ほどの威力はないが、長脇差の相手なら十分闘える。

このとき、泉十郎は巨軀の武士と対峙していた。

「おぬし、赤鬼か」

泉十郎が訊いた。

「頭を割られれば、分かる」

言いざま、巨軀の武士は上段に構えた。やはり、赤鬼である。

泉十郎は青眼に構え、切っ先を赤鬼の目線につけた。

ふたりの間合は、およそ三間——。まだ、一足一刀の斬撃の間境の外である。

……遣い手だ！

と、泉十郎は察知した。

赤鬼は、刀の柄を握った両拳を頭上に上げ、刀身を垂直に立てた。その巨軀とあいまって、大樹を思わせるような大きな構えである。後ろの右足をすこしだけ横にむけた。撞木にちかい足構えである。

泉十郎は、上から覆《おお》い被《かぶ》さってくるような威圧を感じた。

一方、植女の背後に、遊び人ふうの男がふたり、まわり込んできた。ふたりとも、匕首を手にしている。中背の武士が斬られたのを見て、源次に加勢しようとしたらしい。

源次は長脇差を右手だけで持ち、切っ先を前に突き出すように構えている。青眼とはちがう、独特の構えである。おそらく、渡世人たちの喧嘩《でいり》のなかで、身についた構えであろう。

「いくぜ！」

源次は、長脇差の切っ先を植女にむけたままジリジリと間合をつめてきた。すると、背後にいたふたりの遊び人も、植女に近付いてきた。

そのときだった。何かが飛来する音がし、遊び人のひとりが、ギャッ、という悲鳴を上げて、身をのけ反《ぞ》らせた。

背に、棒手裏剣が刺さっている。遊び人は、ひき攣《つ》ったような顔をして後じさった。棒手裏剣はさらに飛来し、源次の膝《ひざ》をかすめて地面に突き刺さった。

源次は驚いたような顔をして後じさり、手裏剣の飛来した方に目をやった。表戸をしめた店の脇の暗がりに、人影があった。

「旦那、敵だ！　手裏剣を打ってきた」

源次が、店の脇を指差して叫んだ。その声に悲鳴のようなひびきがあった。

泉十郎と対峙していた赤鬼は慌《あわ》てて後じさり、泉十郎との間があくと、店の脇に目をやった。かすかな人影が、目に入った。

赤鬼は戸惑うような顔をしたが、すぐに反転し、

「引け！　引け！」

と叫び、抜き身を手にしたまま駆けだした。

源次とふたりの遊び人も、慌てて赤鬼の後を追った。手裏剣を背に受けた遊び人は、よろめきながら走っていく。

「おゆらか」

泉十郎は、店の脇の暗がりに目をやったが、すでにおゆらの姿はなかった。

「おゆらは、逃げたやつらの跡を尾けたはずだ」

植女が言った。

「行き先をつきとめれば、捕らえられるな」

泉十郎はそう言って、おゆらが身をひそめていた暗がりに目をやった後、路傍《ろぼう》に倒れている中背の武士に目をやった。

泉十郎は中背の武士を助け起こし、

「おぬし、名は」

と、訊いた。

武士は血塗れだった。苦しげな呻き声を上げ、顔は土気色《つちけいろ》をしていた。泉十郎は、この男は長くない、とみた。

「や、安川《やすかわ》、吉之助《きちのすけ》……」

武士が、声をつまらせて言った。隠す気はないようだ。

「赤鬼の名は」

「渋沢《しぶさわ》、玄三郎《げんざぶろう》」

「牢人か」

「ご、郷士《ごうし》……」

そのとき、安川は身をのけ反らせ、グッと喉のつまったような呻き声を上げた。一瞬、硬直したように身を硬くしたが、がっくりと首が落ち、急に体から力が抜けた。

「死んだ」

泉十郎がつぶやくような声で言った。

第二章　出立《しゅったつ》

1

泉十郎は渋沢たちと闘った翌日、植女とともにふたたび深川へむかった。

おゆらが渋沢と逃げた遊び人ふたりの跡を尾け、三人の行き先をつきとめたのだ。おゆらによると、三人は勝蔵が住んでいた黒江町の家に入ったという。

泉十郎が平永町へつづく通りまで行くと、路傍で植女が待っていた。

「おゆらは」

歩きながら、泉十郎が訊いた。

「永代橋を渡ったところで、待っているとのことだ」

植女が抑揚のない声で言った。

ふたりは日本橋の町筋を南にむかい、日本橋川沿いの道に出ると、永代橋の方へ足早に歩いた。

永代橋を渡った先が、深川佐賀町《さがちょう》である。泉十郎と植女は、橋のたもとで周囲に目をやった。大勢のひとが行き交っている。おゆらの姿は、見当たらなかった。

「おゆらは、どこにいるのだ」

泉十郎が植女に声をかけたとき、背後から近付いてくるひとの気配を感じた。振り返ると、菅笠《すげがさ》をかぶった男が立っていた。小袖を裾高に尻っ端折りし、股《もも》引《ひき》を穿《は》いていた。職人のような格好である。

「あたしですよ」

男が小声で言った。

「おゆらか」

泉十郎が驚いたような顔をした。

植女は口許に笑いを浮かべたが、すぐにいつもの無表情の顔にもどった。

「おゆららしいな」

おゆらは探索のおりや旅のときなど、様々な姿に身を変えた。忍びの術だけでなく、変装にも長《た》けていたのだ。

「おゆらと、呼ばないでくださいな。……ゆきち、がいい」

おゆらが言った。

「ゆきち、先に行ってくれ」

泉十郎が言った。

おゆらが先に立ち、泉十郎と植女がつづいた。

おゆらたち三人は、大川端沿いの道から左手の通りにおれ、八幡橋を通って富ケ岡八幡宮の門前通りに出た。その辺りから、黒江町である。

黒江町に入って間もなく、おゆらは左手の通りへ入った。しばらく歩くと、掘割に突き当たった。

「こっちだよ」

おゆらは男のような声音《こわね》で言い、掘割沿いの道を左手におれた。

おゆらは二町ほど歩いたところで足をとめ、

「そこの黒板塀をめぐらせた家ですよ」

と言って、掘割沿いにあった隠居所ふうの家を指差した。

大きな家だった。庭もあり、松、梅、紅葉などの庭木が植えられている。路地に面したところに、吹き抜け門があった。

「近付いてみるか」

泉十郎たちは通行人を装って、吹き抜け門の前まで行った。

門扉はとじてあった。泉十郎が門扉に身を寄せて聞き耳を立てると、男の声がした。ふたりで何か話しているらしい。

泉十郎たちは、門の前を通り過ぎた。路地の先に通行人の姿が見えたので、その場を離れたのである。

一町ほど離れたところで、泉十郎たちは路傍に足をとめた。

「家のなかに、だれかいたな」

泉十郎が言った。

「遊び人らしい物言いだった」

植女が言うと、おゆらが、

「あたしが探ってくるから、ふたりはここにいておくれ」

そう言い残し、すぐに黒板塀をめぐらせた家に足をむけた。

泉十郎と植女は路傍の樹陰《こかげ》に身を隠して、おゆらがもどってくるのを待った。

おゆらはなかなかもどってこなかった。

おゆらがその場を離れて、半刻（一時間）ほど過ぎただろうか。黒板塀の陰から、おゆらが路地に出てきた。泉十郎たちの方へ走ってくる。

「渋沢はいなかったけど、政造《まさぞう》という男がいたよ」

おゆらによると、政造は渋沢たちといっしょに泉十郎たちを襲った遊び人のひとりだという。

「もうひとりの男は」

泉十郎は、男ふたりが家のなかでやり取りしている声を聞いていたのだ。

「下働きらしいよ」

「渋沢は、家を出たようだ」

植女が言った。

「どうします」

おゆらが、男ふたりに目をやって訊いた。

「暗くなるのを待って、政造を捕らえよう。口を割らせれば、渋沢や勝蔵の居所が分かるはずだ。それに、勝蔵たちがいつ江戸を離れる気でいるのか、聞き出したい」

泉十郎が西の空に目をやって言った。

陽は西の空にまわっていたが、暮れ六ツ（午後六時）までには、半刻ほどあるだろう。

泉十郎たちは樹陰に身を隠し、黒板塀をめぐらせた家に目をやりながら、辺りが夕闇につつまれるのを待った。

泉十郎たち御庭番は、こうしたことには慣れていた。屋敷内に忍び込み、一刻

（二時間）や二刻（四時間）見張っていることは、めずらしいことではない。

半刻ほどすると、暮れ六ツの鐘が鳴り、辺りが淡い夕闇に染まってきた。泉十郎が、そろそろ黒板塀をめぐらせた家へ忍び込もうと思ったときだった。

「だれか、出てくるよ」

おゆらが言った。

吹き抜け門の扉があいて、人影があらわれた。

「政造ですよ」

「よし、捕らえよう」

泉十郎たちは、すぐに樹陰から路地に出た。

政造は懐手《ふところで》をし、雪駄《せった》をちゃらちゃらさせながら掘割沿いの道を八幡橋の方へむかっていく。

おゆらが先に立ち、足を速めて政造に迫った。おゆらは政造に姿を見られていないうえに変装中なので、政造が振り返って見ても、通行人と思うだけだろう。

おゆらは、まったく足音を立てなかった。そのおゆらの後を、泉十郎と植女がついていく。泉十郎たちはおゆらの陰になって、政造からは顔が見えないはずだ。

おゆらは政造に近付くと、脇を通って追い越した。泉十郎と植女は足を速め、政造に迫っていく。

ふいに、政造が足をとめて振り返った。背後に近付いてきた泉十郎たちの足音を耳にしたらしい。

「て、てめえは!」

政造が目を剝《む》いて叫んだ。泉十郎と植女に、気付いたようだ。

泉十郎と植女は抜刀し、抜き身を手にして疾走《しっそう》した。ふたりとも、刀身を峰《みね》に返している。政造を峰打ちに仕留めるつもりなのだ。

政造は、泉十郎たちから逃げた。だが、すぐに足がとまった。前方に、おゆらが立ち塞《ふさ》がっていたのだ。おゆらはどこに隠していたのか、脇差を手にしていた。

「ちくしょう!」

政造は懐から匕首を取り出すと、手にしたままおゆらに迫った。おゆらひとりなら何とかなる、と思ったのかもしれない。

だが、泉十郎の動きの方が速かった。政造が、おゆらにむかって走りだそうとしたとき、泉十郎が政造の背後に迫り、刀身を横に払った。

ギャッ！　と、政造が悲鳴を上げてよろめいた。泉十郎の峰打ちが、政造の脇腹を強打したのだ。

つづいて、植女が政造の脇にまわり、政造の匕首をたたき落とした。そして、切っ先を政造の喉元に突き付けた。

「動くな！」

植女が鋭い声で言った。

政造は脇腹を手で押さえ、その場にうずくまった。

2

泉十郎たちは暗くなるのを待ち、人影のない路地や新道を辿《たど》って小柳町にある古着屋に政造を連れ込んだ。

古着が吊してある土間の奥の小座敷に政造を座らせ、泉十郎、植女、おゆらの三人が取り囲むように立った。そこは、古着の売り場と帳場を兼ねていた。ふだん、泉十郎のいる小座敷である。

店のなかは、澱《よど》んだような闇につつまれていた。古着が発するのか、汗と黴《かび》の臭いがただよっている。

小座敷の隅に置かれた行灯が、泉十郎たちの顔を闇のなかに浮かび上がらせていた。泉十郎の顔が赤みを帯び、双眸《そうぼう》が熾火《おきび》のようにひかっている。

「政造、ここがどこか分かるか」

泉十郎が低いくぐもった声で訊いた。

「……！」

政造は口をとじたまま身を顫《ふる》わせている。

「ここは、おれたちの拷問蔵《せめぐら》だ。……火盗改の拷問蔵より恐ろしいぞ。おれたちが、何をしても咎《とが》める者はいないからな」

泉十郎はそう言った後、

「勝蔵は、どこにいる」

と、政造を見据《みす》えて訊いた。

「し、知らねえ」

政造が声を震わせて言った。

「おい、おれたちは、おまえが勝蔵の住処から出てきたところを摑《つか》まえたのだぞ。おまえが、勝蔵の居所を知らぬはずはあるまい」

「知らねえ」

そう言うと、政造は泉十郎から視線をそらせてしまった。

「話す気になれぬか」

泉十郎は、脇に置いてあった刀を抜くと、切っ先を政造の左耳に当て、すこしだけ引いた。

ヒッ、と悲鳴を上げ、政造が首を竦めた。耳の傷から流れ出た血が、政造の頬を赤く染めた。

「次は耳を落とし、さらに鼻を削《そ》ぎ落とす。それでも話さなければ、目玉を抉《えぐ》りとる」

泉十郎が抑揚のない低い声で言った。政造を見据えた双眸が赤くひかり、閻魔《えんま》を思わせるような顔になった。

泉十郎は切っ先を政造の右耳に当て、

「勝蔵は、どこにいる」

と、凄《すご》みのある声で訊いた。

「し、知らねえ。嘘《うそ》じゃァねえ。お、親分は、姐《あね》さんのところにいると言って、出たきりなんだ」

政造が声を震わせて言った。

すると、おゆらが、

「おとせのところかい」

と、脇から訊いた。

「そ、そうで……」

「小料理屋の女将をしてる女だね」

おゆらが言うと、政造は驚いたような顔をしてうなずいた。まさか、小料理屋の女将をしていることまで、摑まれているとは思わなかったのだろう。

「勝蔵は、小料理屋にいるのかい」

さらに、おゆらが訊いた。

「店にはいねえ。親分が寝るところはねえんだ」

「どこにいるんだい」

おゆらの声が、きつくなった。

「知らねえ。嘘じゃァねえ。姐さんを連れて、どこかに身を隠しているにちげえねえ」

「おとせは、小料理屋に来るのかい」

「店には、出てるはずで」

「そうかい」

おゆらが、泉十郎と植女に目をやり、あたしがおとせの跡を尾けてみるよ、と小声で言った。

「ところで、渋沢はどこにいるのだ」

泉十郎が訊いた。

「親分といっしょかもしれねえ」

政造によると、最近まで渋沢は親分の勝蔵の家にいたが、昨夜のうちに勝蔵といっしょに家を出たという。

「そうか」

泉十郎が口をつぐむと、

「おれたちを襲ったとき、源次という男がいたが、いま、源次はどこにいる」

と、植女が訊いた。

「源次兄いは、親分といっしょにいるはずでさァ」

「源次も、勝蔵といっしょに倉賀野から江戸に来たのではないか」

「そうでさァ」

「すると、勝蔵が倉賀野へもどるときは、源次もいっしょだな」

「あっしは何も聞いてねえが、源次兄いは、いつも親分といっしょで」

政造が、源次兄いは親分の右腕でさァ、と言い添えた。

植女が口をとじると、

「ところで、政造」

泉十郎が、声をかけた。

「勝蔵たちは、いつ上州へ帰ると言っていた」

「……!」

政造は驚いたような顔をして泉十郎を見た後、

「お、親分からは聞いてねえが、渋沢の旦那は、五、六日したら上州へ帰《けえ》ると言ってやした」

と、声を震わせて言った。

「その話を聞いたのは、いつだ」

「一昨日《おととい》で」

「すると、勝蔵たちが江戸を発つのは、三、四日後ということになるな」

泉十郎は、明日にも清水に知らせねばならない、と思った。

泉十郎が訊問《じんもん》をやめると、座敷は重苦しい沈黙につつまれた。

「あ、あっしを、帰《けえ》してくだせえ。足を洗いやす」

そう言って、政造が泉十郎を上目遣いに見た。

「おまえをどうするか決めるのは、火盗改だ」

泉十郎が語気を強くして言った。

3

翌朝、泉十郎は自ら清水の許に足を運んだ。以前柳屋で会ったとき、清水の屋敷は御徒町《おかちまち》通りの三枚橋《さんまいばし》の近くにあると聞いていたのだ。

泉十郎は清水と顔を合わせると、これまでの経緯をかいつまんで話してから、

「勝蔵たちは、まだ江戸にいるようだ」

と、言い添えた。

「まだ、倉賀野にはむかっていないのか」

清水は驚いたような顔をしたが、すぐにちいさくうなずいた。清水も、勝蔵たちが倉賀野に発ったという確信はなかったようだ。

「勝蔵たちが、江戸を発つのは、二、三日後らしい」

泉十郎はそう口にした後、「倉賀野へむかう手筈《てはず》を相談したい」と言い添えた。

泉十郎が、政造から聞いたのは昨日の夜だったので、二、三日後と話したのである。

清水は、勝蔵たちが、二、三日後に江戸を発つらしいと聞いて、また驚いたような顔をしたが、すぐに表情をひきしめて言った。

「すぐにも相談したいが、また柳屋に来てもらえないかな。桑原たちも、くわえたいのだ」

「承知した」

泉十郎も植女を連れていきたかったので、そのことを清水に話した。

その日の午後、泉十郎と植女は、神田須田町にあるそば屋、柳屋の二階の座敷で、清水たちと顔を合わせた。桑原と田島も来ていた。

五人がとどいた酒で喉を潤した後、

「実は、深川からの帰りに赤鬼たちに襲われたのだ」

と、泉十郎が前置きし、政造を捕らえて訊問するまでの経緯をあらためて桑原と田島に話した。

桑原たちは驚いたような顔をして、泉十郎の話に耳をかたむけていた。

「それで、政造の話では、勝蔵たちが江戸を発つのは、二、三日後とのことだった」

泉十郎が、念を押すように言った。

「二、三日後となると、すぐにも、手を打たねばならんな」

清水が顔をけわしくして、

「それで、倉賀野に向かうのは、勝蔵の他にだれか分かっているのか」

と、泉十郎に目をむけて訊いた。

「勝蔵といっしょにいる赤鬼こと、渋沢玄三郎。それに、渡世人で腕のたつ源次。他にも、子分を連れていくかもしれん」

勝蔵は渋沢と源次の他に、子分を三、四人連れていくのではないか、と泉十郎はみていた。

「勝蔵たちが、倉賀野にむかう途中で討つつもりなのか」

泉十郎が訊いた。

「できれば、そうしたい」

清水が、倉賀野宿には親分の黒岩の繁五郎だけでなく、子分たちが大勢いるので、討ち取るのがむずかしいと話した。

「ならば、明日の午後にも江戸を出て板橋宿《いたばししゆく》にとどまり、勝蔵たちを待ち伏せしたらどうだ」

泉十郎が言った。板橋宿は中山道の最初の宿場で、日本橋から二里と十八町の距離にある。

「そこもとたちも、手を貸してくれるか」

清水が、泉十郎と植女に目をやって訊いた。

「むろん、そのつもりだ」

泉十郎が言うと、植女もうなずいた。

「それで、そこもとたちの手勢は」

植女が訊いた。

「ここにいる三人に、菊川栄次郎《きくかわえいじろう》という男を連れていくつもりだ」

清水によると、菊川は火盗改の同心で、一刀流をよく遣うとのことだった。

「手先は」

植女は、火盗改の同心たちが使っている手先の人数を訊いたのだ。

「多勢だと人目につくし、手先たちに腕の立つ者はいないので、三、四人ということになるかな」

清水が言うと、脇に座していた桑原と田島がちいさくうなずいた。

火盗改からは、清水と同心三人、それに手先が三、四人くわわるらしい。総勢、七、八人ということになる。

「そうか」

植女はそれ以上言わなかった。

次に口をひらく者がなく座が静まったとき、

「捕らえた政造を引き渡したいのだがな」

と、泉十郎が言った。倉賀野宿まで行くことになれば、鶴沢屋を留守にすることになる。政造を店においたまま江戸を発つわけにはいかなかった。

「ここを出た足で、政造を引き取る」

清水によると、火盗改の頭、小野左太夫の屋敷には捕らえた下手人を入れる牢もあるという。

「頼む」

泉十郎は、猪口の酒を一気に飲み干した。

泉十郎たちは運ばれてきたそばを食べると、すぐに腰を上げた。明日の午後、板橋宿にむかうことになったので、今日のうちにやらねばならないことがあったのだ。

泉十郎が店を出ると、植女が身を寄せ、

「気になることがあるのだがな」

と、小声で言った。

「なんだ」

「勝蔵は、政造がいなくなったことに気付いたはずだ。……おれたちに、捕らえられたとみるのではないか」

「そうかもしれん」

「勝蔵は、何か手を打つのではないか」

「植女、勝蔵はどんな手を打つとみる」

泉十郎が訊いた。

「出立の日を遅らせるか、江戸にとどまるか……」

植女が語尾《ごび》を濁《にご》した。はっきりしないからだろう。

「いや、それはないな。勝蔵は一日も早く深川を出たいはずだ。いまの隠れ家《かくれが》に、長く身を隠していることはできないからな」

勝蔵は、いまの隠れ家に、火盗改や町方の手が迫っているとみているはずだ。深川にとどまればとどまるほど、勝蔵の危険は増すのである。

「勝蔵は、火盗改の動きを逆手《さかて》にとるかもしれんぞ」

泉十郎が言った。

「逆手とは」

植女が足をとめて訊いた。

「倉賀野宿に着くまでの間に、火盗改を襲って殺すのだ。以前、倉賀野宿で火盗改を襲ってふたり殺したようにな」

「そうなると、狙われるのはおれたちか」

植女の顔が、いつになくけわしかった。

4

その日、泉十郎は四ツ（午前十時）ごろ古着屋を出た。小袖に裁《た》っ着《つ》け袴《ばかま》姿で、二刀を帯びていた。草鞋履きで、打飼《うちがい》を腰に巻いている。

古着屋はしめてあった。平吉には相応の金を渡し、旅に出るのでしばらく留守にすると言っておいた。これまでも遠国御用のときはそうすることが多かったので、平吉は、「また旦那の気紛《きまぐ》れが始まった」とつぶやいただけで、何も訊かなかった。

昌平橋《しょうへいばし》のたもとまで来ると、植女が待っていた。植女も旅装束《たびしょうぞく》だった。網代《あじろ》笠《がさ》を手にしている。

「おゆらは」

泉十郎が訊いた。ここで、三人で待ち合わせることになっていたのだ。おゆらには、植女が連絡をとったはずである。

「ここに、来るはずだが……」

そう言って、植女が行き交うひとに目をやった。

その人通りのなかから、巡礼姿の女が泉十郎たちに近付いてきた。脚半に草鞋履きで、息杖《いきづえ》を手にし、菅笠をかぶっている。

「おゆらだ」

泉十郎は、巡礼がおゆらと分かった。

おゆらは笈《おい》を背にしていた。笈のなかには、変装のための衣装や手裏剣などの武器が入っているはずである。

おゆらは旅に出るとき、巡礼に身を変えることが多かった。女のひとり旅でも怪しまれないし、笈のなかに旅の必要品や隠密として使う物などを入れておくことができたからである。

「おゆら、歩きながら話そう」

泉十郎が先に立った。

植女は泉十郎と肩を並べて歩き、おゆらはふたりの後からついてきた。

泉十郎たちは大勢のひとの行き交う昌平橋を渡り、中山道に出て次の宿場のある板橋にむかった。

湯島《ゆしま》の聖堂が街道の左手に見えてきた。ここまで来ると、街道を行き交うひともまばらになる。

泉十郎がおゆらに身を寄せて、

「おゆら、何か知れたか」

と、訊いた。おゆらは、勝蔵の居所を探っていたのである。

「勝蔵は、渋沢たちとどこかに身を隠しているらしく、小料理屋に姿を見せないんですよ」

おゆらが、泉十郎たちだけに聞こえる声で言った。

「政造から聞いた話では、勝蔵が渋沢たちを連れて倉賀野宿にむかうらしいということだったな」

「そのようですね」

おゆらが、小声で言った。

「それで、火盗改の清水どのたちといっしょに、勝蔵たちを板橋宿で待ち伏せすることになったのだが、逆に勝蔵たちにおれたちが襲われる恐れもある」

「それで、あたしは何をすればいいんです」

「勝蔵たちの動きを探ってもらいたい」

「探るといっても、どうすればいいんです。まだ、勝蔵の居所も摑んでないんですからね」

「勝蔵たちは、明日か明後日《あさって》、この街道を上州に向かうはずだ」

泉十郎は、おゆらがこれまで勝蔵の身辺に目をくばっていて、何の動きもないことからみて、出発は明日か明後日ではないかと思ったが、念のためである。

「おれたちは、今夜、板橋宿の旅籠《はたご》に泊まる。……そして、明日か明後日か、勝蔵たちが来るのを待って襲うつもりでいるのだが、そううまくはいくまい。逆に、勝蔵たちはおれたちが板橋宿にいるのを察知し、先回りして街道のどこかでおれたちを襲うかもしれない」

その恐れはある、と泉十郎はみていた。

「そうかもしれないね。勝蔵たちはこの街道を何度か行き来してるから、様子を知ってるはずですよ」

「それで、おゆらに頼みがある」

「なんです」

「明日、板橋宿に入る前のどこかで街道に目を配り、勝蔵たちの姿を見掛けたら、おれたちに知らせてくれないか」

明日だけでなく、明後日もつづけることになるかもしれない、と泉十郎が言い添えた。

「分かりました。……それで、旦那たちの宿は」

「板橋宿の藤野屋《ふじのや》と聞いている」

泉十郎は、清水から聞いていたのだが、藤野屋が宿場のどの辺りにあるかも知らなかった。

「藤野屋だね」

おゆらが、念を押すように言った。

「ところで、おゆら、今夜どうする」

これまで、おゆらは旅に出ても、泉十郎たちと同じ旅籠に泊まることはなかったのだ。おゆらは、巡礼が泊まるのに適した木賃宿《きちんやど》や寺社などの堂のなかで夜を過ごしているらしい。

おゆらは、植女に身を寄せ、

「今夜は、植女の旦那のところへ忍んでいくからね」

と、ささやくような声で言った。

植女は苦笑いを浮かべただけで、何も言わなかったが、

「やめておけ、植女は女嫌いだ」

泉十郎が口をはさんだ。

「植女の旦那は、女嫌いじゃないよ。いい女《ひと》といっしょに住んでるんだし、旅に出ると女の肌が恋しくなるって聞いたよ」

「おゆら、まだ一晩も泊まってないのだぞ。……旅はこれからだ」

泉十郎が呆れたような顔をした。

「そうだったね」

おゆらは、勝蔵たちを見掛けたら知らせにいくから、と言って、路傍に足をと

めた。泉十郎と植女は歩調を変えず、街道を板橋宿にむかって歩いた。おゆらは路傍に立ったまま、泉十郎たちの後ろ姿を見送っている。

5

翌日おゆらは、加賀《かが》百万石《ひやくまんごく》、前田《まえだ》家の上屋敷《かみやしき》の前を過ぎ、追分《おいわけ》近くの中山道沿いにいた。街道近くの松の樹陰にあった切り株に腰を下ろし、街道に目をむけている。旅人や荷駄《にだ》を引く馬子などのなかに、巡礼姿のおゆらに目をやる者もいたが、不審そうな顔をする者はいなかった。巡礼が木陰で休んでいるとみたのである。

おゆらは、その場で勝蔵たちが通りかかるのを待っていたのだ。おゆらが板橋宿から離れた場所を選んで見張っていたのには理由があった。

勝蔵たちは、板橋宿近くに火盗改の目があるとみて、それと分からないようにばらばらになり、笠で顔を隠したり、駕籠に乗ったりして通り過ぎるかもしれない。そうなると、おゆらの目でも、勝蔵たちの一行と見破るのはむずかしくなる。それで、板橋宿から離れた場所で見張ることにしたのだ。

……今日はこないね。

おゆらが、胸の内でつぶやいた。

すでに、陽は西の空にあった。七ツ（午後四時）を過ぎているのではあるまいか。

おゆらは、立ち上がった。いくら遅い出立でも、勝蔵たちがこれから板橋宿にむかうとは思えなかったのだ。

おゆらは、街道をいっとき板橋宿の方にむかって歩き、街道沿いのあった古刹《こさつ》の山門をくぐった。今夜は、本堂の軒下にでも身を寄せて眠ろうと思った。よく晴れていたので、雨の心配はないし、笈のなかには体をつつむための衣類が入っていた。

翌朝、おゆらは、昨日街道を見張った場所からすこし離れた樹陰にいた。同じ場所だと怪しむ者もいるので、場所を変えたのである。

五ツ（午前八時）ごろだった。朝早く出立した旅人、行商人、駕籠などが街道を行き来していた。多くが、板橋宿にむかっている。

おゆらがその場に来て、半刻（一時間）ほど過ぎたときだった。街道の先に、風呂敷《ふろしき》包みを背負った行商人らしい男がふたり、こちらに歩いてくるのが見えた。そのふたりのすぐ後ろから、菅笠をかぶり、腰に長脇差を差した渡世人らしい男がふたり、こちらに歩いてくる。

……あのふたりかもしれない。

と、おゆらは思ったが、すぐに打ち消した。渡世人らしい男は、ふたりだけだった。

渡世人らしい男たちの背後から駕籠が来た。乗っているのは男だが、顔も体つきもよく見えなかった。駕籠の脇に、菅笠をかぶり、振り分け荷物を肩にかけた旅人らしい男が歩いていたからだ。

……あの武士は！

思わず、おゆらは立ち上がった。

駕籠の後から歩いてくる巨漢の武士を目にした。おゆらは、渋沢ではないかとみたのだ。武士は深編笠をかぶり、裁っ着け袴に草鞋履きで、打飼を腰に巻いていた。牢人体ではなかった。旅装束の武士である。武士は駕籠の後から歩いていく。

おゆらは、迷った。巨漢の武士はひとりだった。近くに、勝蔵らしい男も子分と思われる者もいなかった。それに、牢人体ではない。

そのとき、おゆらは巨漢の武士の背後から歩いてくる渡世人ふうの男を目にした。菅笠をかぶり、長脇差を腰に差している。

あの男は、源次ではないか、とおゆらは思った。男の顔は見えなかったが、体付きが似ているような気がしたのだ。その源次らしい男と並ぶようにして、牢人体の男の姿もあった。

……尾けてみよう。

と、おゆらは思い、巨軀の武士と源次らしい男が遠ざかるのを待ってから街道に出た。前を行く、巨軀の武士と源次らしい男は間を保ったまま歩いていく。ふたりの前方には、駕籠に乗った男や別の渡世人らしいふたりの男もいた。

板橋宿まで、五、六町まで来たときだった。駕籠の前を歩いていた行商人らしい男と渡世人ふうの男が、街道沿いの雑木林《ぞうきばやし》のなかにいきなり踏み込んだ。そこに小径《こみち》があるらしい。

駕籠も街道の隅にとまり、恰幅《かっぷく》のいい男が駕籠から出てきた。遠方ではっきりしないが、猫背《ねこぜ》のように見える。

……勝蔵だ！

おゆらは、胸の内で声を上げた。勝蔵は恰幅がよく、すこし猫背だと聞いていたのだ。小径のなかに勝蔵が入り、その後ろから振り分け荷物を担《かつ》いだ男、巨軀の武士、牢人体の男、さらに源次らしい男がつづいた。

小径に入ったのは、都合九人である。ふたりの駕籠かきは、街道沿いに置いた駕籠のそばで待っている。

いっときすると、行商人らしい男ふたりと振り分け荷物を肩にした男が、街道に出てきた。ふたりは、足早に板橋宿にむかっていく。

勝蔵や巨軀の武士たちは、姿を見せなかった。

……三人は、板橋宿を探りにいったのだ！

と、おゆらは察知した。

火盗改が宿場にいるかどうか探るために、勝蔵とはかかわりのなさそうな町人体の三人だけが先行したのだろう。勝蔵たちは雑木林のなかに身を隠して、三人がもどるのを待つつもりなのだ。

おゆらは、勝蔵たちがこの場にいることを泉十郎たちに知らせるべきか迷った。だが、おゆらは動かなかった。いまから板橋宿へ向かい、泉十郎たちに話している間に、先に宿場にむかった三人が、もどってくるかもしれない。それに、勝蔵たちが、板橋宿にいる泉十郎たちを襲うことはないとみたのである。

三人の男が板橋宿にむかって小半刻《こはんとき》（三十分）も経ったろうか。三人が足早にもどってきた。

三人は雑木林の小径に入った。勝蔵たちに、板橋宿で探ったことを話しているにちがいない。

しばらくすると、三人の男と勝蔵が街道に出てきた。そして、勝蔵がふたりの駕籠かきに何か話し、懐から紙入れを取り出して、駕籠かきに銭らしい物を手渡した。駕籠代であろう。すると、駕籠かきは空駕籠を担いで、街道を湯島の方へむかった。板橋宿には行かずに帰るようだ。

勝蔵と三人の男は、雑木林のなかの小径にもどった。

勝蔵たちは、雑木林からすぐに出て来なかった。かすかに、雑木の枝葉を分けるような音が聞こえた。

……おかしい。

と、おゆらは思い、すぐに勝蔵たちが入った雑木林のなかの小径まで行ってみた。

勝蔵たちの姿がない。小径の先の雑木林のなかで、男の声と枯れ葉を踏むような音が聞こえた。

6

おゆらは、雑木林のなかの小径に踏み込んだ。足音を立てないように、足早に勝蔵たちの後を追った。

おゆらは、こうした林間のなかを足音を立てないように歩く術《すべ》も心得ていた。しばらく足早に歩くと、雑木林のなかにいくつかの人影が見えてきた。勝蔵たちである。

小径は板橋宿の方にむかっている。どうやら、勝蔵たちは街道を避け、小径を辿って宿場へ行くつもりらしい。

しばらく雑木林のなかを歩くと、前方の視界がひらけてきた。小径は、田圃《たんぼ》の畔道《あぜみち》につながっていた。

おゆらは、雑木林の端まで来て足をとめた。畔道に出ると、身を隠すことができなくなるのだ。

そこは田圃がひろがり、左手に板橋宿の家並が見えた。畔道は板橋宿の右手奥までつづいている。

勝蔵たちは、畔道を進んでいく。どうやら、勝蔵たちは宿場を通らずに畔道を辿り、宿場の先の街道に出るらしい。

勝蔵たちは宿場に火盗改たちがいることを察知し、脇道を辿って板橋宿の先に出ようとしているのだ。勝蔵たちは倉賀野への行き帰りのおりに何度もここを通ったので、この小径を辿れば板橋宿を迂回《うかい》して街道へ出られることを知っていたのだろう。

おゆらは急いで来た道を引き返し、雑木林のなかから街道に出た。すぐに板橋宿にいる泉十郎たちに知らせねばならない、とおゆらは思った。

おゆらは、街道を板橋宿にむかって急いだ。宿場に入ってすぐ、茶店の長床《ながしょう》几《ぎ》に腰を下ろして茶を飲んでいた泉十郎と植女が、おゆらを目にして声をかけた。ふたりは、街道に目をやり、おゆらが来るのを待っていたらしい。

おゆらは、すぐに泉十郎たちに歩を寄せた。

「勝蔵たちが、姿を見せたのか」

泉十郎が訊いた。

「勝蔵たちは、この宿場は通らないよ」

おゆらは、勝蔵たちがこの宿場近くまで来てから雑木林のなかの小径に入り、迂回して宿場の先に出たことを話した。

「おれたちが、ここにいるのを気付いたのか」

「勝蔵の手先が、探りに来たんですよ」

おゆらが、三人の手先は町人の旅人のような姿をしていたので、目にしても気付かなかったはずだと話した。

「勝蔵たちに、してやられたというわけか」

「ここで待っていても、どうにもならないな」

植女が白けた顔で言った。

「勝蔵たちはおれたちを追い越し、先に倉賀野にむかったのだな」

泉十郎が声をあらためて訊いた。

「分からないよ」

おゆらが言った。

「勝蔵たちは、おれたちを追い越していったのではないのか」

「先にいった勝蔵たちは、旦那たちを待ち伏せしてるかもしれませんよ」

「おれもそうみるな」

植女が言った。

「それで、勝蔵たちは何人いた」

泉十郎が訊いた。

「勝蔵を除いて、八人ですよ」

「そのなかに、渋沢もいたか」

「いました。ほかに源次、牢人ふうの武士もひとり」

おゆらが、他に渡世人ふうの男がふたり、町人体の男が三人いたことを話した。

「まともにやれば、負けるようなことはないが……」

味方は、泉十郎の他に植女、清水、桑原、田島、菊川、おゆら、それに清水たちが連れてきた手先が三人いる。三人は戦力にいれなくとも、泉十郎たちで七人だった。敵は勝蔵を除いて八人のようだが、そのうち町人らしい男が三人いる。泉十郎たち七人で、十分闘えるはずだ。

「ただ、敵は何か手を打ってくるな」

勝蔵たちは、どんな手を使ってくるか分からない、と泉十郎は思った。

「ともかく、すぐに清水どのたちに知らせねばなるまい」

泉十郎が顔をけわしくして言い添えた。

「あたしは、どうすればいいんです」

「おゆらは、先にいって勝蔵たちを探ってくれ」

「分かりました」

おゆらは黙って立っていた植女に目をやり、「植女の旦那、先に行くからね」

と声をかけてからその場を離れた。

植女は無表情のまま遠ざかっていくおゆらの背に目をむけている。

泉十郎と植女は茶店を出ると、宿場の通りからすこし入ったところにある稲荷にむかった。その稲荷で、清水たちが待機していたのだ。

泉十郎は清水と顔を合わせると、「旅人が話しているのを耳にしたのだが」と前置きし、

「勝蔵たちと思われる一行が、林のなかの道を抜け、田圃の畔道を通って宿場の先にむかったらしい」

と、話した。泉十郎は、おゆらのことを清水たちに話せなかったのだ。おゆらも、清水たちに知られたくないはずである。

「すると、勝蔵たちは、おれたちがこの宿場で待ち伏せしているのを気付いたのか」

清水が驚いたような顔をして言った。

「おそらく、勝蔵が先に子分をこの宿場に寄越して探ったのだな」

「うまく逃げられたわけか」

清水が渋い顔をした。

「ともかく、ここにいても仕方がない」

「勝蔵たちを追うか」

「それしかないな。……倉賀野に入る前に、勝蔵たちを討つ機会はあるはずだ」

「よし、勝蔵たちを追おう」

清水が、まわりにいる桑原たちに顔をむけて言った。

「おれと植女は、先に行く。次の蕨宿《わらびしゅく》で待っている」

泉十郎は、蕨宿に着くまでにおゆらと会い、勝蔵たちの動きを摑もうと思った。

板橋宿から蕨宿まで、二里と十町だった。それほど長い道程《みちのり》ではない。

泉十郎と植女は、すぐに板橋宿を出た。街道を足早に歩きながらおゆらの姿を探したが、見つからなかった。

7

泉十郎と植女が蕨宿に入ったのは、西の空が夕焼けに染まるころだった。

ふたりは蕨宿に入ってすぐ、茶店の長床几に腰を下ろして休んでいる巡礼の姿を目にした。おゆらである。どうやら、おゆらは、泉十郎たちを待っていたらしい。

泉十郎と植女は、おゆらの近くの長床几に腰を下ろした。注文を聞きにきた親爺に、ふたりとも茶と饅頭《まんじゆう》を頼み、親爺がその場を離れるのを待ってから、

「勝蔵たちの動きが知れたか」

と、泉十郎がおゆらに訊いた。

「半刻（一時間）ほど前、この宿場を出ました」

おゆらが小声で言った。

「次の宿場は、浦和《うらわ》か」

蕨宿から浦和宿まで一里と十四町だった。急げば、暗くなる前に着けるかもしれない。

「おれたちは、蕨宿に草鞋を脱ぐことになるな」

泉十郎たちはともかく、後続の清水たちが浦和宿まで足を延ばすのは無理だろう。

「おゆらは、どうする。この宿場に草鞋を脱ぐのか」

泉十郎が訊いた。

「あたしは、次の浦和まで行きますよ。勝蔵たちを探ってみる」

そう言うと、おゆらは腰を上げた。

「油断するなよ」

泉十郎が声をかけた。

「女のあたしなら、勝蔵たちも見逃すはずですよ」

そう言い残し、おゆらは茶店を出た。

泉十郎と植女は、親爺が運んできた饅頭を食べ、茶を飲みながら清水たちが来るのを待った。

辺りが夕闇に染まってきたころ、清水たちが姿を見せた。泉十郎たちは清水たちと宿場を歩き、富沢屋《とみざわや》という旅籠に草鞋を脱いだ。

泉十郎たちは先に風呂に入り、夕餉《ゆうげ》の膳についてから、泉十郎が勝蔵たちは蕨

宿にいないことを話し、

「おそらく、勝蔵たちは、次の浦和宿に草鞋を脱いだはずだ」

と、言い添えた。

「勝蔵たちは、おれたちより先に倉賀野にむかうか。それとも、途中のどこかで待ち伏せて、おれたちを襲うかだな」

清水が、その場にいる男たちに視線をやりながら言った。

「おれたちを襲うな。そうでなければ、板橋宿で遠回りまでして、おれたちを追い越す必要はないのだ」

泉十郎が言った。

「向井どのの言うとおりだ。勝蔵たちはどこかで待ち伏せて、おれたちを襲うとみていいな」

清水が顔をけわしくした。

次に口をひらく者がなく、座敷は重苦しい沈黙につつまれたが、

「おれと植女が、斥候《せっこう》になろう」

泉十郎が言うと、脇に座していた植女がうなずいた。

泉十郎は、清水たちより先に行って勝蔵たちを探っているおゆらと接触し、勝

蔵たちの動向を摑みたかったのだ。

「そうしてもらえれば、ありがたい」

清水がいくぶん表情をやわらげた。

翌朝、泉十郎と植女は富沢屋に頼んでおいた弁当を持ち、まだ暗いうちに浦和宿を出た。それでも、街道にはちらほら人影があった。旅人の出立は早く、暗いうちに旅籠を出る者がすくなくなかったのだ。

宿場を出ると、東の空が曙色《あけぼのいろ》に染まり、街道沿いにひろがっている田畑の先の雑木林や遠方の山脈《やまなみ》などが黒い影のように見えた。

泉十郎と植女が浦和宿にむかって急いでいるころ、巡礼姿のおゆらは、勝蔵たちの跡を尾けていた。

おゆらの前を行く勝蔵たちは、浦和宿を出ると中山道を次の宿場の大宮《おおみや》にむかった。勝蔵たちはばらばらにならず、まとまって歩いていた。勝蔵は火盗改たちがずっと後方にいると知っていたので、まとまって歩いていても気付かれる恐れがないとみたのだろう。

勝蔵たちは、足早に街道を歩いた。浦和宿から大宮宿までおよそ一里十町。勝蔵たちは大宮宿に入ってすぐ、街道沿いにあった茶店の前に足をとめた。

勝蔵、渋沢、牢人体の男の三人が茶店に入り、他の六人は宿場を急ぎ足で歩き、ひとりふたりと分かれて馬子や駕籠かきに話しかけたり、店の間の小径に入ったりした。

それから、一刻（二時間）ほどしたろうか。勝蔵の子分の六人が、四人の男を連れてきた。雲助《くもすけ》や遊び人、それに渡世人らしい男などである。

勝蔵は茶店から出て、子分たちが連れてきた四人の男になにやら話し、四人の男も連れて、大宮宿を出た。

……助《すけ》っ人《と》を集めたのだ！

と、おゆらは気付いた。

これで、勝蔵を除いて敵は、十二人になる。おゆらは、泉十郎たちだけではあやういのではないかとみた。

勝蔵たちは、中山道を上尾《あげお》にむかって足早に歩いた。おゆらは、勝蔵たちの跡を尾けていく。

勝蔵たちが大宮宿から次の上尾宿にむかって、一里ほど歩いただろうか。街道沿いに竹林があった。

その竹林の前で、勝蔵たちが足をとめた。いっとき勝蔵たちは竹林に目をやっていたが、渡世人らしい男と行商人らしい男が四人、持っていた荷物を街道の脇に置いて竹林のなかに入っていった。

おゆらは街道脇の樹陰に身を隠し、勝蔵たちに目をやった。勝蔵たちは竹林に身を隠して、後続の泉十郎や火盗改たちを襲うのではないか、とおゆらは思ったが、そうではないようだった。勝蔵たちは、路傍に立ったまま竹林に目をやっているだけで、身を隠そうともしなかった。

しばらくすると、竹林のなかに入った四人が、それぞれ竹を抱えて出てきた。枝を落とした一間余りの竹で、握りやすい太さの物だった。竹を一本ではなく二、三本抱えている者もいた。

……竹槍《たけやり》だ！

と、おゆらは気付いた。後続の泉十郎たちを竹槍で襲うつもりなのだ。

勝蔵たちは、その竹槍を持ったまま足早に歩きだした。次の宿場の上尾宿にむかっていく。

しばらく歩くと、街道沿いに雑木林がひろがっている場所に出た。勝蔵たちは足をとめ、街道の両側の雑木林に目をやっていたが、六人と七人に分かれ、左右の雑木林のなかに踏み込んだ。渋沢、源次、牢人の三人を除いて、いずれも竹槍を手にしている。勝蔵も、七人のなかにくわわっていた。

……ここで、待ち伏せる気だ。

おゆらは、勝蔵たちが後続の泉十郎たちを襲うつもりで、この場に身を隠したことを察知した。

おゆらは、急ぎ足で来た道を引き返した。後続の泉十郎たちに知らせるのである。

第三章　街道の闘い

1

泉十郎と植女は大宮宿を出ると、街道沿いに目をやりながら次の宿場のある上尾にむかった。街道沿いの物陰に、おゆらがいるかもしれないと思ったのだ。

大宮宿を出て、小半刻（三十分）も歩いただろうか。

「向井どの、おゆらではないか」

植女が前方を指差して言った。

見ると、巡礼姿のおゆらが、足早にこちらにむかってくる。急いでいるようだ。

泉十郎たちは小走りになった。

泉十郎はおゆらと顔を合わせると、

「どうした」

と、すぐに訊いた。おゆらは、泉十郎たちに知らせることがあって、戻ったとみたのである。

「この先で、勝蔵たちが待ち伏せてますよ」

おゆらが、声高《こわだか》に言った。

「何人だ」

泉十郎が訊いた。

「四人増えて、勝蔵を入れると十三人です」

おゆらが、勝蔵の連れてきた男たちが、大宮宿で雲助や遊び人などを四人仲間に加えたことを話した。

「十三人か」

泉十郎が、だいぶ増えたな、と顔をけわしくして言った。

「それに、竹槍を持ってます」

「なに、竹槍だと」

泉十郎が驚いたような顔をした。

「竹槍は厄介《やっかい》だぞ。……後ろから突かれると、防ぎようがない」

めずらしく、植女の顔に困惑《こんわく》の色が浮いた。

「それで、勝蔵たちが待ち伏せているのは、どこだ」

泉十郎が訊いた。

「この先の雑木林のなかです」

おゆらが、勝蔵たちは二手になり、街道の左右の雑木林のなかに六人と七人に分かれて身をひそめていると話した。

「林のなかから飛び出して挟み撃ちにする気だな」

泉十郎が植女に目をやって言った。

「街道は通れないな」

「どうだ、一方だけ襲ったら。やつら、二手に分かれているらしい。一方だけなら、後れをとるようなことはないだろう。それに、林のなかなら竹槍を使うのはむずかしいはずだ」

「一方の林のなかに踏み込んで、近付くのか」

植女が言った。

「敵の策を、逆手にとるのだ」

「おもしろい」

植女の顔から、困惑の色が消えた。

「おゆら、勝蔵たちが身をひそめている雑木林まで案内してくれ」

泉十郎が言った。

「あたしといっしょに来ておくれ」

おゆらが先に立ち、泉十郎たちとすこし間をとって中山道を上尾宿にむかった。

　十町ほど歩いたろうか。おゆらは街道の脇に身を寄せ、泉十郎と植女が背後に近付くと街道の先を指差し、

「一町ほど先の雑木林に、勝蔵たちは隠れてます」

　と、雑木林に目をやりながら言った。

「隠れているのは、雑木林のどの辺りだ」

　泉十郎が訊いた。雑木林は、街道沿いに長くつづいている。

「雑木林になって、半町ほどいったところです」

「見張り役がいるだろうな」

「いるはずです」

　おゆらが、勝蔵たちはいっしょに隠れたので、見張り役は勝蔵たちが身をひそめている近くにいるのではないかと言い添えた。

「勝蔵はどちら側にいる」

　泉十郎がおゆらに訊いた。

「右手の雑木林に入りましたよ」

「それなら、勝蔵のいる方に踏み込もう」

泉十郎はおゆらに、「この近くで、勝蔵たちを見張っていてくれ」と頼み、植女とふたりで街道を大宮宿の方へ引き返した。

しばらく歩くと、前方から足早に歩いてくる清水たちの姿が見えた。清水、桑原、田島、菊川、それに手先もいた。手先は、安吉《やすきち》、猪七《いしち》、浜助《はますけ》の三人である。

泉十郎は清水に近付くと、

「この先に、勝蔵たちが待ち伏せしているぞ」

と、他の火盗改たちにも聞こえる声で言った。

すぐに、清水たちは泉十郎のまわりに集まった。

「どこだ」

清水が訊いた。

「この先の雑木林のなかだ」

泉十郎は、通りかかった旅人が、武士や渡世人らしい集団が二手に分かれて雑木林のなかに入っていくのを目にした、と話しているのを耳にしたことを言い添えた。おゆらのことを口にしたくなかったので、そう言っておいたのだ。

「雑木林のなかに身をひそめていて、おれたちを挟み撃ちにする気か」

清水が声高に言った。

「しかも、竹槍を持っている者もいたそうだ」

「竹槍だと」

清水だけでなく、桑原たちの顔もけわしくなった。敵が雑木林の左右から飛び出し、竹槍で攻撃されたら防ぎようがないと思ったのだろう。

「なに、おれたちは、勝蔵たちが身をひそめている場所を摑んでいるのだ。きゃつらの策を逆手にとることができる」

泉十郎がそう言って、勝蔵たちを討つ策を話した。

「それはいい。さすが、向井どのだ」

清水が声高に言った。

泉十郎たちは、街道を上尾宿にむかって歩いた。

街道の前方に雑木林が見えてきたとき、泉十郎は街道沿いの松の樹陰で一休みしている巡礼の姿を見かけた。おゆらである。

泉十郎は草鞋の紐をなおすふりをして、街道の隅で足をとめて屈《かが》み込んだ。そこへ、おゆらが近付いてきた。

「勝蔵たちは」

泉十郎が訊いた。

「林のなかにいます。旦那たちが、通りかかるのを待っているはずですよ」

「承知した」

泉十郎はすぐに立ち上がり、清水たちを追った。

2

泉十郎たち九人は、すこし間をとって街道の隅を歩いた。雑木林のなかにいるであろう勝蔵たちの見張り役から、それと気付かれないためである。

そして、雑木林が近くなると、畑の畔道を通って街道の右手の雑木林のなかに入った。林のなかには小径もなかった。

泉十郎たちは、足音を立てないように雑木林のなかを街道に沿って進んだ。それでも、雑木林のなかは落ち葉が積もり、笹藪《ささやぶ》になっているところもあったので、どうしても音が立ってしまう。

泉十郎たちが、雑木林のなかをしばらく進んだときだった。前方の灌木《かんぼく》の脇に人影が見えた。男がひとり、立っている。

「だれか、来るぞ!」

ふいに、男が声を上げて反転した。泉十郎たちの姿を目にしたらしい。

林の奥に、何人かの人影が見えた。声を上げた男は、見張りのようだ。男は人影の方に走っていく。

「勝蔵たちだ！　走れ」

泉十郎が叫び、林間を走った。植女と清水たちがつづいた。

泉十郎たち六人は、林間を突き進んだ。すこし遅れて、安吉たち三人もついてくる。落ち葉を踏む音、笹や灌木を分ける音などが林のなかにひびいた。

林の先に、いくつもの人影が見えた。竹槍を持っている者、抜き身を手にしている者などが、「来たぞ！　林のなかだ」「火盗改だ！」などと叫んでいる。

「こっちの林のなかだ！　火盗改たちが来る」

巨軀の武士が、街道へ体をむけながら叫んだ。渋沢である。街道の反対側にいる仲間を呼ぼうとしたらしい。

泉十郎たちは、雑木林のなかにいる男たちに迫った。渋沢をはじめ七人の男がいた。勝蔵の姿もあった。勝蔵は男たちの後方にいる。

「討て！」

清水が声を上げ、抜刀した。

泉十郎や桑原たちが次々に抜刀し、抜き身を引っ提《ひさ》げて勝蔵たちに迫った。植女だけは、刀の柄に右手を添え、居合の抜刀体勢をとっている。

「竹槍を遣え！」

源次が叫んだ。長脇差を手にしている。

四人の男が、竹槍を手にしていた。男たちは竹槍を泉十郎たちにむけようとしたが、林立する雑木の幹が邪魔になって思うように動けない。何とか槍先をむけても、走り寄る相手がすこし方向を変えると、竹槍で刺すことができなくなってしまう。

そのとき、植女が敵のひとりに走り寄りざま、

イヤアッ！

裂帛の気合を発して、抜きつけた。

その切っ先が、竹槍を手にした男の肩から胸にかけて斬り裂いた。一瞬の抜き打ちである。

男は、叫び声を上げてよろめいた。肩から血が噴いている。

泉十郎も、竹槍を手にした男を仕留めた。男が手にした竹槍を捨てて逃げようとしたところを、背後から斬りつけたのである。

一方、清水は抜き身を手にしたまま子分たちの背後にいる勝蔵に近付いていった。

「親分、逃げてくれ！」

源次が清水の前に立ち塞がった。

そこへ、渋沢が走り寄り、

「勝蔵、おれの後ろへつけ」

と声をかけ、迫ってきた清水や桑原たちに切っ先をむけたまま雑木林から街道にむかった。

清水が鋭い気合を発し、立ち塞がった源次に斬り込んだ。

振り上げざま袈裟へ——。

咄嗟に、源次は手にした長脇差で清水の斬撃を受けようとした。だが、間に合わなかった。

ザクッ、と、源次の肩から胸にかけて小袖が裂け、あらわになった肌に赤い線がはしった。次の瞬間、傷口から血が迸り出た。

源次は呻き声を上げてよろめいたが、何とか体勢を立て直すと、

「野郎！」

と叫びざま、長脇差を振り上げて斬り込んできた。目をつり上げ、歯を剝き出している。手負いの獣のようである。

清水は右手に跳んで、源次の切っ先をかわしざま刀身を斜《はす》に払った。

清水の切っ先が源次の首をとらえ、血飛沫《ちしぶき》が飛び散った。首の血管《ちくだ》を斬ったらしい。源次は血を撒きながらよろめき、足を櫟《くぬぎ》の根に取られて転倒した。源次は呻き声を上げて、身を捩《よじ》っていたが、すぐに動かなくなった。地面に積もった枯れ葉や近くの灌木の枝葉《えだは》が血に染まっている。

この間に、渋沢は勝蔵とともに雑木林から街道に飛び出した。

泉十郎、植女、それに清水や桑原たちが、渋沢たちを追って次々に雑木林から街道に走り出た。

渋沢と勝蔵が街道に出ると、反対側の雑木林のなかに身を隠していた牢人や竹槍を手にした男たちが駆け寄ってきた。

「火盗《かとう》改どもだ！」

渡世人らしい男が叫び、手にした竹槍を街道に姿を見せた清水たちにむけた。

雑木林から街道に出てきた泉十郎たちは、安吉たちもくわえて九人だった。ひとりも、敵の手にかかった者はいない。

一方、勝蔵たちは五人討たれ、雑木林から飛び出したのは勝蔵と渋沢だけだった。残ったのは、街道の反対側に隠れていた六人を合わせ、総勢八人である。

「火盗改どもを殺せ！」

勝蔵が目をつり上げて叫んだ。

すぐに、竹槍を手にした五人の男が、泉十郎や清水たちの前に走り出て、いっせいに竹槍をむけた。

タアアッ！

泉十郎が鋭い気合を発しざま踏み込み、切っ先で竹槍の先を撥《は》ね上げた。

竹槍を手にした男は体勢を立て直し、あらためて槍先を泉十郎にむけようとした。その一瞬の隙を泉十郎がとらえた。

「遅い！」

泉十郎が叫びざま、刀身を一閃《いっせん》させた。

切っ先が、男の右の二の腕をとらえた。男は悲鳴を上げ、手にした竹槍を落として後じさった。二の腕だけがだらりと垂れている。男の右腕は、骨まで截断《せつだん》されたらしい。

この間に、清水も竹槍を手にした男を斃《たお》していた。泉十郎や清水ほどの腕になれば、敵が竹槍を持っていても、相手がひとりなら太刀打ちできる。しかも、相手は槍術《そうじゅつ》を身につけていないやくざ者である。

勝蔵は竹槍を持ったふたりが斬られたのを見て、

「逃げろ！」

と、ひき攣ったような声で叫んだ。

「奥山《おくやま》、やつらを食いとめろ！」

渋沢が牢人体の男に声をかけ、勝蔵とともに後じさった。

奥山と呼ばれた男は目をつり上げ、切っ先を泉十郎たちにむけた。

3

奥山とふたりの男が、泉十郎たちの前に立ち塞がった。勝蔵たちを逃がすために、泉十郎たちの足をとめるつもりらしい。

「そこをどけ！」

清水や桑原たちが、奥山たちに迫った。

奥山たち三人は逃げずに、泉十郎たちに切っ先をむけている。一方、勝蔵、渋沢、渡世人ふうの男の三人が、街道を走って逃げた。三人の姿が、しだいに遠ざかっていく。

「そこをどけ！」

叫びざま、泉十郎が奥山にむかって斬り込んだ。

咄嗟に、奥山は身を引いたが間に合わなかった。奥山の肩から胸にかけて小袖が裂けたが、浅手だった。あらわになった肌にうすい血の線がはしり、わずかに血が流れ出ただけである。

斬撃をあびた奥山の顔が、恐怖にひき攣った。泉十郎に体をむけたまま、摺《す》り足で後じさり始めた。

このとき、清水と植女もふたりの男に迫っていた。

植女が鋭い気合とともに、居合で抜きつけの一刀をはなった。その切っ先が、男の肩口をとらえた。一瞬の抜き打ちである。

男は絶叫を上げて、身をのけ反らせた。男の二の腕から胸にかけて小袖が裂け、血飛沫を上げながらよろめいた。

この間に、泉十郎も奥山を仕留めていた。逃げようとして反転した奥山に、背後から斬り込んで斃したのである。

これを見たもうひとりの男は、悲鳴を上げて逃げ出した。

泉十郎が街道の先に目をやり、

「あそこだ！」

と、叫んだ。勝蔵たち三人が、左手の雑木林のなかに逃げ込むところだった。

すぐに、勝蔵たちの姿は見えなくなった。泉十郎たちは懸命《けんめい》に走った。ここで、勝蔵たち三人を逃がしたくなかったのだ。

「この辺りだ」

泉十郎が、勝蔵たち三人が雑木林に入った辺りまで来て足をとめた。だが、道はなく、どこから林に入ったか、分からなかった。迂闊《うかつ》に踏み込めば、林のなかで迷ってしまう。

「入ったのは、どこだ」

清水が声を上げ、雑木林のなかを覗いた。

植女や桑原たちも雑木林を覗き、勝蔵たちが入った場所を探した。

「ここに、道があります！」

桑原が声を上げた。

すぐに、泉十郎たちは走り寄り、桑原が指差した先に目をやった。街道から林のなかにつづく小径があった。

「ここだな」

清水が、「勝蔵たちを追うぞ」と声を上げ、雑木林のなかに踏み込んだ。

泉十郎たちが、つづいた。雑木林のなかを小径が次の上尾宿の方にむかって延びている。その小径をしばらく辿《たど》ると、急に視界がひらけて、田畑のなかに百《ひゃく》姓《しょう》の家が点在する地に出た。

小径は、田畑の畔道につづいていた。林のなかの小径は付近に住む百姓たちが、落ち葉や薪《たきぎ》を集めたりするためのものらしい。

「勝蔵たちは、いないな」

田畑のなかにつづく道に、勝蔵たちの姿はなかった。

「ともかく、この道を辿ってみよう」

泉十郎は、勝蔵たちがこの道を逃げたのはまちがいない、とみたのだ。

道沿いに集落がひろがっていた。鄙《ひな》びた村のなかを歩きながら、何人かの百姓らしい男に勝蔵たち三人を見かけたか訊いたが、見た者はいなかった。しかたなく、泉十郎たちは中山道にもどり、上尾宿にむかった。

泉十郎たちが上尾宿に入ったのは、陽が西の空にかたむいてからだった。宿場

に入って間もなく、植女が泉十郎に身を寄せ、

「おゆらがいる」

と、小声で言った。

おゆらは街道沿いの茶店の長床几に腰を下ろし、茶を飲んでいた。そこで、泉十郎たちが来るのを待っていたようだ。

泉十郎は茶店の前を通り過ぎるとき、すこし足を遅くし、おゆらに、後ろから来るよう指先を動かして合図した。

おゆらはすぐに腰を上げ、店の親爺に銭を払って街道へ出た。

泉十郎と植女は、街道沿いに並んでいる店や旅籠などに目をやりながら、さらに足を遅らせた。

泉十郎が背後から来るおゆらに、

「勝蔵に、逃げられたよ」

と、小声で言った。そして、勝蔵、渋沢、それに渡世人ふうの男の三人が逃げたことをかいつまんで話した。

「勝蔵たちはこの宿場に入らず、次の桶川宿《おけがわしゅく》にむかったのかもしれませんよ」

おゆらは、泉十郎たちが勝蔵たちと雑木林のなかで闘いを始めたころ、街道を

通って上尾宿にむかったという。

おゆらは上尾宿に入ると、街道に目をやって泉十郎たちが来るのを待っていたが、「勝蔵たちは姿を見せなかったそうだ。

勝蔵たちは上尾宿には立ち寄らず、次の桶川にむかったのか」

上尾宿から桶川宿まで、わずか三十四町だった。足を延ばせばすぐである。勝蔵たちは泉十郎たちの手から逃れるために、次の桶川宿にむかったのだろう。

「おゆら、すこし遅くなるが、次の桶川にむかってくれ。おれたちも、桶川宿まで足を延ばす」

泉十郎が言った。おゆらは、忍びだった。夜中に歩くことには慣れている。

おゆらは無言でうなずくと、足を速めた。そして、泉十郎たちを追い越して、次の桶川宿にむかった。

泉十郎と植女は清水たちに追いつくと、

「勝蔵たちが立ち寄った様子はないようだ。念のため、宿場を歩きながら見るだけ見て、次の桶川まで足を延ばそう。勝蔵たちはおれたちが追ってくるとみて、桶川にむかったにちがいない」

と、泉十郎が清水に言った。

すぐに、清水はうなずいた。清水も、勝蔵たちは上尾宿に草鞋を脱がず、次の桶川宿にむかったとみたらしい。

泉十郎たちが桶川宿に入ったのは、辺りが夕闇に染まってからだった。富田屋《とみだや》という旅籠があいていたので、泉十郎たちはそこに草鞋を脱いだ。

遅くなったこともあり、泉十郎たちは湯に入った後、酒を飲まずに夕餉《ゆうげ》だけ食べて床《とこ》に入った。

4

翌朝、泉十郎たちは明け六ツ（午前六時）すこし前に、富田屋に頼んでおいた弁当を持って宿場を出た。

中山道には、多くの人影があった。旅人や荷駄を引く馬子などが、次の鴻巣《こうのす》宿《しゅく》にむかって出立したのである。

泉十郎たちは、近くを歩く旅人に目をやりながら歩いた。勝蔵たちはいないか、探したのである。

それらしい姿はなかった。勝蔵たちは先に出立したか、それとも桶川宿には草鞋を脱がず、近隣の土地の親分の家や寺などで一夜を過ごしたかである。

街道に出て、小半刻（三十分）も歩いたろうか。泉十郎は街道沿いの樹陰に腰を下ろしている旅人の姿を目にした。菅笠をかぶって顔を隠している。

……おゆらだ。

と、泉十郎は察知した。

おゆらと思われる旅人は、泉十郎にむかって指先を振った。おゆらであることを知らせる合図である。おゆらは何度も巡礼姿で泉十郎と接触すると、不審を抱かれると思い、男の旅人姿に変えたようだ。巧みな変装である。女と思う者はいないだろう。

泉十郎は植女と話しながら歩くふりをして、清水たちからすこし間をとった。すると、おゆらは泉十郎たちに近付いてきて、ふたりの背後を歩きながら、

「勝蔵たちは、桶川宿を先に発ちましたよ」

と、泉十郎と植女に聞こえるだけの声で言った。

「勝蔵たちは、桶川宿に草鞋を脱いでいたのか」

「そうです。……勝蔵たちは、旦那たちより一刻（二時間）以上前に宿場を出ました」

「一刻も前だと！……おれたちが桶川宿に草鞋を脱いだとみて、出立を早くしたのか。それにしても早い」

七ツ（午前四時）ごろでは朝の早い宿場も、闇にとざされているだろう。

「勝蔵たちは、次の宿場の鴻巣に着いているかもしれないな」

植女が抑揚のない声で言った。

桶川から鴻巣まで、一里と三十町ほどだった。この時代の男の旅人は、一日十里歩くといわれていた。勝蔵たちの足で一刻ほど歩けば、鴻巣宿に着けるはずである。

その日、泉十郎たちは、陽が高くなったころ鴻巣宿に入った。そして、宿場の駕籠かきや馬子などに話を訊いたが、勝蔵たちの行方は分からなかった。

やむなく、泉十郎たちは、さらに熊谷宿《くまがやしゅく》まで足を延ばし、島田屋《しまだや》という旅籠に草鞋を脱いだ。その夜、泉十郎たちは夕食のおりに、倉賀野までの宿場のことなどを話し、五ツ（午後八時）過ぎに床に入った。

泉十郎たちが床に入ってどれほど経ったろうか。泉十郎は、隣に寝ていた植女が起き上がった気配を察知して目を覚ました。

「おゆらだ」

植女が声を殺して言った。

街道側の障子の向こうで、ホウ、ホウ、という梟《ふくろう》の啼《な》くような声が聞こえた。おゆらが、泉十郎たちを呼ぶ合図である。

座敷には、清水たちが寝ていた。旅の疲れであろう。清水たち四人は、正体なく寝入っていた。

「おれもいく」

泉十郎は音を立てないように夜具から抜け出ると、浴衣《ゆかた》の上に羽織だけを羽織って植女とともに、旅籠から出た。

何時《なんどき》ごろであろうか。宿場は夜陰《やいん》につつまれていたが、夜の遅い旅籠や飲み屋などにはまだ灯《ひ》の色があり、男の哄笑《こうしよう》や嬌声《きようせい》などがかすかに聞こえてきた。

おゆらは、闇に溶ける忍び装束に身をつつんでいたので、闇のなかにかすかにその輪郭《りんかく》が見えるだけである。

「歩きながら、話しますか」

そう言って、おゆらは街道沿いの闇の深い場所を選んで歩いた。

「勝蔵たちのことで、何か知れたのか」

泉十郎が訊いた。

「勝蔵たちは休まず街道を歩いたらしくて、この宿場を明るいうちに、通り過ぎたようですよ」

おゆらが、歩きながら声をひそめて言った。

「よく分かったな」

「駕籠かきが話しているのを耳にしたのです」

おゆらによると、駕籠かきのひとりが倉賀野宿にいたことがあるらしく、勝蔵のことを知っていたという。

「すると、勝蔵たちは次の宿場の深谷《ふかや》か」

「さらに先へ行き、旅籠でなく土地の親分のところに草鞋を脱いだかもしれませんよ」

「深谷の先まで行かれると、追いつくのはむずかしくなるな。勝蔵たちは、後から追ってくるおれたちから逃げるために出立は早いし、深谷から倉賀野までわずかだからな」

泉十郎が足をとめて言った。

宿場は深谷、本庄《ほんじょう》、新町《しんまち》とつづき、その先が倉賀野である。深谷宿から発ったとしても、明日のうちに倉賀野に着けるだろう。

「こうなったら、旅の途中、襲うのは諦《あきら》めたらどうだ」

植女が言った。

「それも手だが……。倉賀野には、黒岩の繁五郎がいる」

繁五郎には、子分が大勢いる。泉十郎は下手に倉賀野宿に入れば、返り討ちに遭うとみたのだ。

「でもさ、ここで江戸に引き返したら、土佐守さまに合わせる顔がないよ」

おゆらが言った。

「どうだ、清水どのの考えを聞いてみないか。清水どのが、倉賀野までは行かず、江戸へ帰ると言えば、おれたちだけではどうにもならないし、火盗改が手を引いたとなれば、土佐守さまの顔も立つのではないか」

植女がいつものように抑揚のない声で言った。

「そうだな、明日、清水どのたちと話してみるか」

「あたしは、どうすればいいんです」

おゆらが、訊いた。

「明日まで、この宿場にとどまり、おれたちの後から来てくれ。倉賀野にむかうか江戸にむかうか分からんからな」

「明日は、旦那たちの後から行きますよ」

おゆらはそう言い残し、足早にその場を離れた。

翌朝、島田屋で朝飯を食っているとき、泉十郎が清水たちに話をした。

「勝蔵たちは、おれたちよりだいぶ先を行っているようだ。……ここから倉賀野までの間に、宿場は深谷、本庄、新町だけしかない。勝蔵たちがどこにいるか知れないが、今日のうちに倉賀野に着くはずだ。……追いつくのはむずかしいな」

「うむ……」

清水は箸《はし》を手にしたまま、いっとき黙考していたが、

「向井どのは、勝蔵たちはどの辺りまで行ったとみる」

と、訊いた。

桑原、田島、菊川の三人も、食べるのをやめて泉十郎に顔をむけている。

「深谷か本庄か」

泉十郎は、深谷ではないかとみていたが、はっきりしたことは分からない。

「確かに、倉賀野までの間に追いつくのは、むずかしいな」

清水はそう言ってから、手にした箸を膳に置き、

「だが、このまま帰ったのでは、御頭に合わせる顔がない」

と、泉十郎を見つめて言った。顔がいっしょになくけわしかった。

桑原たち三人も清水と同じ気持ちらしく、無言のままうなずいた。

「勝蔵たちを追って、倉賀野宿に入るか」

泉十郎が訊いた。

「いや、倉賀野宿に入るのは危険過ぎる。それこそ、藤枝どのたちの二の舞だ」

清水が眉を寄せた。

「では、どうするつもりだ」

「さて、どうするか……」

清水は思案するような顔をして口をつぐんでいたが、

「火盗改と知れぬように身を変えて、倉賀野の手前の新町に入り、しばらく勝蔵たちの様子を探ってから、どうするか決めたらどうかな」

そう言って、座敷にいた泉十郎たちに目をやった。

「いいだろう」

泉十郎が言うと、他の男たちがいっせいにうなずいた。

新町宿から倉賀野宿まで、一里半ほどだった。新町宿に身をひそめ、勝蔵たちの様子を探りにいくことはできるだろう。

「だが、火盗改と気付かれたら、新町宿にいてもあぶない。倉賀野には勝蔵だけでなく、上州を縄張りにしている黒岩の繁五郎がいるからな。それに、子分たちも大勢いる」

清水が顔をけわしくして言った。

5

泉十郎や清水たちは、熊谷宿を出立すると、次の深谷宿にむかった。熊谷から深谷まで、二里半と九町である。

泉十郎たちは深谷宿に入ると、古着屋を探し、それぞれが身を変えた。これから先、火盗改と気付かれずに新町宿に入るためである。

町人の旅人に変装する者が多かったが、泉十郎は網代笠をかぶり、裁っ着け袴に二刀を帯びて廻国《かいこく》修行の武芸者のような扮装《いでたち》にした。また、植女は総髪ということもあって、虚無僧《こむそう》に身を変えた。

そして、六人はひとりふたりと分かれて街道を歩いた。また、安吉たち三人の手先も旅人ふうに身装《みなり》を変え、清水たちの近くを歩くことになった。今後、安吉たちは倉賀野宿に出向いて、聞き込みにあたることが多くなるだろう。

泉十郎たちは深谷宿から本庄宿へと歩き、それとなく勝蔵たちのことを訊いたが、居所を摑むことはむろんのこと、その姿を見かけた者もいなかった。

泉十郎や清水たちは新町宿に入ると、黒田屋《くろだや》という旅籠に宿をとった。手先の安吉たちも、黒田屋に草鞋を脱いだ。

泉十郎たちは、様々に身装を変えたこともあり、同じ部屋に泊まることはできなかった。町人体に変装した者は、同じ大部屋に寝泊まりすることができたが、泉十郎たち武士は幾つかの部屋に分かれた。泉十郎は清水と相部屋になった。清水は牢人体に身を変えたからである。

植女は黒田屋に泊まらず、近くの木賃宿《きちんやど》に草鞋を脱いだ。虚無僧姿で旅籠に泊まると、旅人たちの目を引くからだ。それに、植女は、気楽に過ごせる木賃宿に泊まるのを望んだのだ。

翌朝、泉十郎たちは朝飯の後、倉賀野宿には入らず、近くまで行って聞き込むことにした。様子を摑んでから、倉賀野宿に入るのである。

黒田屋を出ると、ひとりふたりとばらばらになって街道を倉賀野宿にむかった。

倉賀野には、利根川《とねがわ》、江戸川《えどがわ》の最上流の港である倉賀野河岸があり、烏川《からすがわ》上流の上州や信州の荷を取り扱っていた。また、河岸には米や塩を保管する土蔵が並び、各藩指定の米問屋《こめどんや》などもあった。河岸近郊は造船業も盛んで絶えず舟大工《ふなだいく》の槌音《つちおと》が聞こえ、大変な賑《にぎ》わいを見せていた。

こうした繁華《はんか》な町は博奕がつきもので、渡世人、船頭、土地の遊び人、中山道を行き来する旅人などが賭場に集まるのだ。

その倉賀野宿を縄張りにし、高崎宿《たかさきしゅく》にまで勢力をひろげた貸元が、黒岩の繁五郎だった。繁五郎は賭場の貸元だけでなく、宿場で女郎屋《じょろうや》をやり、さらに博奕に負けた者たちを相手に金貸しまでやった。

そして、中山道を流れ歩く渡世人や腕の立つ牢人などを子分にし、倉賀野を中心に高崎宿まで勢力をひろげたのである。

泉十郎たちは烏川の渡し場近くまで来ると、街道筋にあった店や茶店などに立ち寄り、繁五郎や勝蔵のことなどを訊いてみることにした。また、町人に身を変えた者は、近所の畑で仕事をしている百姓にも声をかけた。

泉十郎は、烏川の渡し舟の船頭《せんどう》がふたり、川岸の丸石に腰を下ろして煙管《キセル》で莨《たばこ》を吸っているのを目にして近寄った。

「渡し舟の船頭か」

泉十郎が声をかけた。

「へ、へい」

赤銅色《しやくどういろ》の顔をした三十がらみの男が、首を竦めて泉十郎を見上げた。顔に警戒の色がある。いきなり、武士に声をかけられたからだろう。男の手にした煙管の雁首《がんくび》から立ち上った煙が、川風に飛ばされて消えていく。

「おれは、剣の修行をしながら諸国をまわっているのだが、倉賀野宿に渋沢玄三郎という剣の遣い手がいると聞いたのだが、知っているか」

と、居丈高《いたけだか》に訊いた。

「し、知りやせん」

三十がらみの男は隣にいた丸顔の男に、おめえ、知ってるかい、と小声で訊くと、丸顔の男も、知らねえ、と言って首を横に振った。

「赤ら顔でな、赤鬼とも呼ばれているらしい」

さらに、泉十郎が訊いた。

「あ、赤鬼の旦那なら、聞いたことがありやす」

三十がらみの男が、声高に言うと、

「あっしも、知ってやすぜ」

丸顔の男が、身を乗り出して言い添えた。

「渋沢という男は、倉賀野宿にいるのか」

「いやす。一昨日、江戸の親分と舟に乗って、ここを渡りやした。倉賀野に帰《けえ》ってきたようでさァ」

三十がらみの男が、渡し場を指差して言った。

「江戸の親分とは、だれだ」

「勝蔵親分でさァ」

男によると、勝蔵はちかごろ江戸の親分と呼ばれるようになったという。

「倉賀野にいる者が、どうして江戸の親分なのだ」

泉十郎は、ふたりの船頭に身を寄せた。勝蔵や繁五郎のことに、話を持っていくつもりだった。

「くわしいことは知らねえが、勝蔵親分は江戸で賭場をひらいてるそうでさァ」

「なにゆえ、わざわざ江戸へ出て、賭場をひらいたのだ」

「金になるからじゃァねえかな」

三十がらみの男が、首をひねった。くわしいことは知らないらしい。

「金な……」

泉十郎は、金にもなるだろうが、それだけではないような気がした。

「渋沢は、勝蔵といっしょに江戸に行ったのだな」

泉十郎が念を押すように訊いた。

「赤鬼の旦那も、勝蔵親分といっしょで」

丸顔の男が脇から口をはさんだ。どうやら、ふたりは話好きのようだ。それに、暇を持て余していたのかもしれない。

「倉賀野には、渋沢の他にも遣い手がいるのか」

泉十郎は、倉賀野を牛耳《ぎゅうじ》っている黒岩の繁五郎にも用心棒がついているはずだと思い、そう訊いたのだ。

「いやす、龍神《りゅうじん》の旦那が」

三十がらみの男が、声高に言った。

「龍神という名なのか」

泉十郎は、赤鬼と何かかかわりのある男ではないかと思った。

「繁五郎親分の用心棒でさァ。名が神山仙九郎《かみやませんくろう》で、背中に龍の入れ墨があるんでさァ。龍の入れ墨のある神山の旦那だから、龍神でさァ」

ふたりの男が話したことによると、神山は牢人で、渋沢玄三郎とふたりで繁五郎の用心棒をしていたそうだ。ところが、勝蔵が江戸へ行くことになり、渋沢は勝蔵の用心棒として江戸にむかったという。

……鬼と龍か。

泉十郎は、名はいずれにしろ、容易《ようい》ならぬ相手だと思った。

「ところで、赤鬼と龍神は倉賀野のどこにいるのだ」

泉十郎は、渋沢と神山のいるところに、繁五郎と勝蔵もいるとみて訊いたのである。

「知らねえなァ」

三十がらみの男が言うと、丸顔の男も「知らねえ」と言って、首をひねった。

それから、泉十郎は賭場のある場所や繁五郎の住処《すみか》などを訊いてみたが、ふたりは知らなかった。

6

その日、泉十郎たちは新町宿のはずれにある泉光寺《せんこうじ》という古刹の境内《けいだい》に集まった。旅籠にいつづけると、倉賀野宿にいる繁五郎たちの耳に入る恐れがあったからである。

泉光寺は街道から離れた場所にあり、周囲を杉や檜《ひのき》などの杜《もり》でかこわれていた。ちいさな寺で、老いた住職と女房、それに年寄りの寺男がいるだけだった。

清水が住職に相応の布施《ふせ》を渡し、しばらく逗留《とうりゅう》させてくれ、と頼むと、快《こころよ》く承知してくれた。ただ、安吉たち三人をくわえると九人にもなるので、庫裏《くり》だけでは寝られないという。そこで、本堂と分散して寝ることにした。

寺の境内は、深い夜陰につつまれていた。頭上に星が出ていたが、杉や檜の杜にかこわれているために闇が深かった。

「摑んだことを話してくれ」

清水が闇のなかで言った。

「おれから話そう」

泉十郎は、ふたりの船頭から聞いた勝蔵たちが倉賀野宿に入ったことや龍神のことなどを話した。

「それがしも、龍神のことは聞きました」

桑原が言った。声に昂ったひびきがある。

桑原が茶店の親爺に聞いたことによると、龍神と呼ばれる神山は総髪の牢人体で、赤鬼より強いという噂があるという。

「おれも、神山は渋沢より腕が立つとみている。……親分の繁五郎が神山を身辺においていることからみても、渋沢より腕は立つはずだ」

泉十郎が言った。

「その龍神と赤鬼が、繁五郎と勝蔵の身辺にいるわけか」

清水が低い声で言った。

「それに、大勢の子分もいる」

泉十郎が言い添えた。

次に口をひらく者がなく、男たちは深い闇につつまれていたが、

「だれか、繁五郎と勝蔵の居場所を耳にした者はいるか」

と、清水が訊いた。

「賭場のある場所は聞いたが、そこに繁五郎や勝蔵がいるかどうか分からないな」

植女が、くぐもった声で言った。

「どこだ」

泉十郎が訊いた。

「倉賀野河岸の近くにある地蔵堂の裏手だそうだ」

「行ってみれば、分かるな」

「明日、おれが行ってみよう」

植女が、虚無僧姿なので疑われることはないだろう、と言い添えた。

植女とのやりとりが終わると、

「あっしは、繁五郎の子分たちが街道筋に出て、新町の方からくる者に目を配っている、と聞きやした」

清水の後ろにいた安吉が、うわずった声で言った。

「その話は、それがしも聞いた」

田島が口をはさんだ。

「迂闊に、倉賀野宿に入ると、藤枝どのと野々宮の二の舞になるということだな」

清水がつぶやくような声で言った。闇のなかで、双眸がうすくひかっている。

「明日、おれと植女とで街道筋の様子をみてくる。倉賀野宿に入って探るのは、その後にしたらどうだ」

泉十郎は、清水たちが別々に倉賀野宿に入るのは危険だとみた。かといって、大勢でまとまって歩けば、すぐに火盗改の一団だと気付かれてしまう。

「おれも行こう」

清水が言った。

「いや、植女とふたりだけで行く。すくない方が、気付かれないからな」

泉十郎の頭には、おゆらのこともあった。おゆらのことは、清水たちにも知られたくなかったのだ。

「ふたりにまかせよう」

その場の話は、それで終わった。泉十郎たちは二手に分かれ、本堂と庫裏にむかった。今夜は、分かれて休むことになる。

翌朝、泉十郎と植女は泉光寺を出ると、中山道に足をむけた。ふたりが、烏川の渡し場近くまで来たとき、背後に近付いてくるひとの気配を感じた。振り返ると、巡礼が近付いてくる。

「おゆらだ」

泉十郎が小声で言った。おゆらは、また巡礼に姿を変えたらしい。

植女と泉十郎は歩調を緩《ゆる》め、おゆらが近付いてくるのを待ち、

「おゆら、何か摑んだか」

泉十郎が歩きながら訊いた。

「繁五郎の賭場のことが知れましたよ」

おゆらが、声をひそめていった。

「地蔵堂の裏手と聞いたが」

植女が歩きながら言った。

「植女の旦那も、探ったのかい」

「いや、地蔵堂の裏手にあると聞いただけだ」

「あたしは、賭場を探ってたんですよ」

そう言って、おゆらが話しだした。

繁五郎の賭場は倉賀野河岸の東方にあり、河岸に並ぶ米や塩を扱う問屋や造船

場などから離れた寂しい場所にあるという。地蔵堂の裏手で、付近には杉の疎林《そりん》なども残っているそうだ。

「賭場には、繁五郎もいるのか」

泉十郎が訊いた。

「いるときは、すくないようですよ。……中盆《なかぼん》が仕切っているらしい」

「そうか」

賭場では、中盆と呼ばれる男が親分の代わりに仕切ることが多い。貸元である親分は客たちが集まると、挨拶《あいさつ》をする程度で後は中盆にまかせ、帳場のようになっている小座敷にいるか、賭場から帰るかである。

「賭場を狙う手はあるな」

泉十郎は、いずれにしろ賭場を見張り、親分の繁五郎や勝蔵が出入りするときに狙うことができると思った。

泉十郎たちは、そんなやりとりをしながら渡し場まで来ると、すこし間をとって歩き、まったくかかわりのない旅人のような顔をして舟に乗った。

烏川を渡ると、倉賀野宿はすぐである。

7

烏川の川岸を過ぎると、街道の両側に田畑がひろがり、所々に百姓の家や雑木の疎林などもあった。

「右手の笹藪の陰にいる男……」

泉十郎の後ろを歩いているおゆらが足を速め、すれ違いながら小声で言った。

泉十郎は無言でうなずいた。街道からすこし離れた笹藪の陰に、男がふたり立っていた。ふたりとも、手ぬぐいで頰っかむりをしていた。小袖を裾高に尻っ端折りし、股引を穿いている。

……繁五郎の子分らしい。

泉十郎は胸の内でつぶやいた。

ふたりの男は、烏川の渡し場から倉賀野宿にむかう者のなかに火盗改がいないか目を配っているようだ。

泉十郎がそれとなく振り返ると、植女は歩調を変えることもなく歩いてくる。植女もふたりの男に気付いたようだが、このまま通り過ぎる気なのだろう。

笹藪の陰にいるふたりの男は、泉十郎や植女に不審を抱かなかったらしく、後続の旅人に目をやっていた。

しばらく歩くと、中山道と日光へつづく例幣使街道《れいへいしかいどう》との追分が近付いてきた。例幣使は朝廷《ちょうてい》から派遣《はけん》される勅使《ちょくし》である。

追分を過ぎると、倉賀野宿だった。街道沿いに旅籠や店屋などがつづき、人通りも多くなったように感じられた。

そのとき、前を歩くおゆらが、手にした息杖を右手にむけた。そこに、だれかいるとの合図である。

見ると、街道沿いの杉の樹陰に人影があった。ふたりの男が、杉の切り株に腰を下ろしていた。旅人がそこで一休みしているような格好だが、小袖に尻っ端折りし、両脛《りょうすね》をあらわにしていた。どうみても、旅人には見えない。繁五郎の子分であろう。やはり、倉賀野にむかう火盗改を見張っているようだ。

泉十郎たちは旅人を装い、杉の樹陰にいるふたりの男の前を通り過ぎた。ふたりの男は、泉十郎たちに不審を抱かなかったようだ。

倉賀野宿は賑わっていた。旅人だけでなく、渡世人や土地の遊び人ふうの男なども目についた。

街道沿いには、茶屋や旅籠の他に女郎屋もあった。倉賀野宿は女郎屋が多いことでも知られ、次の宿場のある高崎からも多くの男たちが足を運んでくる。

宿場に入ると、泉十郎と植女はすこし間をつめておゆらの後ろについた。おゆらに先導してもらい、繁五郎の賭場を見ておくつもりだった。

おゆらは、宿場をしばらく歩いてから四辻《よつつじ》になっているところを南にむかった。すこし歩くと、前方に烏川の流れが見えた。荷を積んだ舟が通り過ぎていく。突き当たりが、倉賀野河岸になっているらしい。

河岸には、米や塩を保管する土蔵が立ち並び、それらを扱う問屋の大店が目についた。行き来するひとのなかに、船頭や問屋で働く奉公人などの姿があった。

前を行くおゆらは、河岸沿いの道を東にむかった。いっとき歩くと、土蔵や問屋などはとぎれ、人影もすくなくなった。道沿いに民家があったが、空き地や笹藪などが目につくようになった。杉や雑木などの疎林もある。

そのとき、おゆらが路傍に足をとめ、前方を指差した。通りの右手に地蔵堂がある。その地蔵堂の裏手に家屋《かおく》があった。

……繁五郎の賭場か！

泉十郎は、賭場にしては大きな家だと思った。

泉十郎たちは、辺りに目を配りながら地蔵堂に近付いた。地蔵堂の脇に小径があった。賭場までつづいているらしい。賭場の戸口の板戸がしまっていた。付近に人影もない。いま、賭場はひらいてないようだ。

泉十郎たちは地蔵堂の脇まで行き、いっとき賭場に目をやった後、来た道を引き返した。そこで立っていて、繁五郎の子分の目にとまれば、新町宿のはずれにある泉光寺に帰れなくなるだろう。

泉十郎たちは倉賀野河岸を通り過ぎ、宿場に入ったところで前をいく植女たちとの間をつめた。大勢の人が行き交っていたので、身を寄せて話しても不審を抱かせるようなことはなかったのだ。

「賭場がひらくのは、何時《なんどき》ごろだ」

泉十郎が歩きながら訊いた。

「陽が西の空にまわってからのようですよ」

おゆらが歩きながら、泉十郎と植女に聞こえるだけの声で言った。

「おゆら、繁五郎の姿を目にしたのか」

「見てません」

「迂闊に、仕掛けられないな」

泉十郎は、繁五郎を襲うにしても、すぐに繁五郎を見極められないし、どれほどの子分を引き連れて賭場にむかうのかも分かっていないのだ。

「もうすこし、探りましょうか」

おゆらが言った。

「いや、いい。いずれにしろ、いまのままで、仕掛けるのは難しい。繁五郎もそうだが、勝蔵や渋沢の居所も分かっていないのだからな」

「清水どのたちといっしょに倉賀野宿に入って、繁五郎と勝蔵の居場所を探るか」

植女が言った。

「うむ……」

泉十郎は、清水たちが倉賀野宿に入って探るのは、危険だと思った。どこに繁五郎の子分たちの目がひかっているか分からないのだ。

そんなやりとりをしながら歩いているうちに、泉十郎たちは宿場を抜け、追分の近くまできた。

……まだ、いる！

泉十郎は、杉の樹陰の人影を目にとめた。行くときにいたふたりの男が、街道を見つめている。ただ、新町宿から来る者だけを見張っているらしく、倉賀野から新町方面に行く者には、目をむけなかった。

泉十郎たち三人は、間をつめたまま歩いた。追分を通り過ぎ、烏川の渡し場が近付くと、

「あそこにもいる」

植女が小声で言った。

泉十郎は、街道からすこし離れた草藪の陰に目をやった。来たときに目にしたふたりの男の姿があった。やはり、倉賀野宿に向かう者たちに目をやっている。

泉十郎たちはふたりの男に気を使うことなく、烏川の渡し場にむかった。河原まで来ると、泉十郎が足をとめ、

「どうだ、あやつらを捕らえて、吐かせるか」

と、植女とおゆらに目をやって言った。

「渡し場の近くにいるふたりなら、捕らえても気付かれないよ」

おゆらが目をひからせて言うと、植女もうなずいた。

「よし、やろう」

「いまからかい」

「そうだ」

泉十郎は、三人いれば、草藪の陰にいるふたりを捕らえることができるとみた。

第四章　馬庭念流《まにわねんりゅう》

1

泉十郎、植女、おゆらの三人は、街道から離れた草藪の陰に身をひそめていた。半町ほど先の草藪の陰にいるふたりの男に目をやっている。

泉十郎たちは、陽が沈みかけたころふたりの男を捕らえるつもりだった。街道を行き来する旅人が少なくなる夕暮れ時に仕掛けるのである。

おゆらは、巡礼の姿ではなかった。頭巾《ずきん》はかぶっていなかったが、忍び装束に身を変えている。忍び装束といっても、近付かなければそれと分からないだろう。

おゆらは笈のなかに着替えの衣装を入れて持ち歩いているので、いつでも着替えられるのだ。

泉十郎たちがその場に身をひそめて、半刻（一時間）ほどすると、陽は西の山《やま》脈《なみ》のむこうに沈み始めた。

そのとき、草藪の陰にいた男がひとり、街道の方へむかって歩きだした。

「ひとり出てきたよ」

おゆらが言った。

男がひとり、草藪の陰から出て街道の方へ足をむけている。別の男は、草藪の陰に残ったままである。

「来るぞ」

泉十郎は身を乗り出すようにして男を見つめている。

「あの男を捕らえるか」

植女がその場から飛び出しそうな気配をみせた。

「待て、やつはすぐにもどっていくはずだ」

泉十郎が植女を制した。男には慌てている様子がなかった。旅人の様子を見るために、街道へ出るだけではないか、と泉十郎はみたのだ。

男は街道へ出ると、渡し場の方へ足をむけた。そして、渡し場が見える辺りまで行くと、首を伸ばして渡し場の方に目をやっていたが、すぐに踵《きびす》を返してもどっていった。

男は草藪の陰にいる男に近付くと、何やら話し始めた。

「渡し場を見にいったようだな」

泉十郎が言った。

「旅人の姿がすくなくなったからね」

「そろそろ、引き上げるかもしれんぞ」

植女がそう言ったときだった。

草藪の陰にいたふたりが、街道の方へ足をむけた。

「手筈どおり、やつらを捕らえるぞ」

泉十郎が言うと、

「承知した」

植女とおゆらが、草藪から飛び出した。

植女たちは、草藪の陰にいたふたりの男の前方へ疾走していく。ザザ、と叢を分ける音がひびいた。

ふたりの男は、ギョッとしたように立ち竦んだ。野犬でも、飛び出してきたと思ったのかもしれない。

一方、泉十郎は足音を忍ばせ、ふたりの男の背後にまわり込んでいく。

「な、なんだ! あいつら」

痩身の男が叫んだ。

「ふ、ふたりいるぞ」

もうひとりのずんぐりした男が、声をつまらせて言った。

「お、おれたちを襲う気だ！」

ふたりの男が立ち竦んでいる間に、植女とおゆらはふたりの前方にまわり込んだ。

「逃げろ！」

ふたりの男は、踵を返した。

だが、その場から動けなかった。前方に泉十郎が立っていたのだ。すでに、泉十郎は抜き身を手にしていた。その刀身が、淡い夕闇のなかで青白くひかっている。

ふたりの男は周囲に目をやった後、右手に逃げようとして駆けだしたが、すぐに足がとまった。おゆらが前方にまわり込んだのだ。おゆらは女だが、駿足だった。それに、叢のなかを走るのにも慣れている。

「やろう！」

叫びざま、痩身の男が懐から匕首を取り出した。

もうひとりの男も、匕首を手にして身構えた。だが、恐怖で顔がひき攣り、手にした匕首が震えている。

植女は抜刀して刀身を峰に返すと、痩身の男に急迫し、
イヤアッ！

と裂帛の気合を発して、刀身を横に払った。居合を思わせる一瞬の太刀捌《たちさば》きである。

肌を打つにぶい音がし、男の上体が前にかしいだ。植女の峰打ちが、男の腹をとらえたのだ。

男は苦しげな呻き声を上げ、その場にへたり込んだ。

一方、泉十郎も抜き身を手にして、ずんぐりした男に身を寄せた。

「殺してやる！」

叫び声を上げ、ずんぐりした男が踏み込んできた。そして、手にした匕首を泉十郎にむけて突き出した。

一瞬、泉十郎は右手に跳んで、刀身を袈裟に払った。

素早い太刀捌きである。

甲高い金属音がひびき、男の手にした匕首が叢に落ちた。泉十郎が男の匕首をたたき落としたのだ。

「動くな！」

泉十郎が、男の喉元に切っ先を突き付けた。

ヒッ、と男が喉のつまったような悲鳴を上げ、凍《こお》りついたように身を硬くした。すると、おゆらが、男の背後にまわり、

「縄をかけるよ」

と言って、男の両腕を後ろにとって縛った。おゆらは、縄をかけるのも巧みである。

泉十郎たちは、植女が峰打ちで仕留めた男にも縄をかけ、ふたりの男が身を隠していた草藪の陰に連れ込んだ。そこで、ふたりから話を聞くつもりだった。

2

草藪の陰は、夕闇につつまれていた。泉十郎、植女、おゆらの三人は、捕らえたふたりの男をそこに座らせた。

ふたりの男は泉十郎たちの顔に目をやり、恐怖と戸惑《とまど》いの色を浮かべた。泉十郎たちが、何者か分からなかったからだろう。

「だ、旦那たちは……」

瘦身の男が、声を震わせて訊いた。

「公儀の者だ」

泉十郎は、御庭番とも火盗改とも言わなかった。

「こ、公儀！」

瘦身の男が、驚いたように目を剝いた。

ずんぐりした男も、息をつめて泉十郎たちを見上げている。

「おまえの名は」

泉十郎が瘦身の男に訊いた。

「ろ、六助《ろくすけ》で」

瘦身の男は隠さなかった。

もうひとりのずんぐりした男は、太吉《たきち》と名乗った。

「おまえたちは、朝からずっとここにいたようだが、何をしていたのだ」

泉十郎が訊いた。

「へ、へい、見張ってたんで」

六助が言った。

「何を見張ってたのだ」

六助は戸惑うような顔をしていっとき口をつぐんでいたが、

「女郎を買いにきた客が、通りかかからねえかと思いやして……」

と、語尾を濁《にご》して言った。

「女郎屋の客引きなら、このような場に身を隠すことはあるまい」

「いろいろありやしてね」

六助は、首を竦めた。

「ごまかすな。おまえたちふたりが何を見張っていたか、承知で訊いているのだぞ」

泉十郎が語気を強くした。

「……！」

「火盗改と思われる武士が、倉賀野に入るのを見張っていたのだな」

泉十郎が念を押すように訊いた。

すると、六助と太吉の顔から血《ち》の気《け》が引き、体の顫えが激しくなった。

「そうだな」

「へ、へい……」

六助が応えた。

脇にいた太吉も、蒼《あお》ざめた顔で顫えている。

「親分は、繁五郎だな」

泉十郎が繁五郎の名を出して訊くと、六助と太吉は肩をすぼめたままうなずいた。

「火盗改が、倉賀野に入ったら討つ気だな」

「へ、へい」

「地蔵堂の裏手に賭場があるが、繁五郎は顔を見せるのか」

泉十郎が訊いた。

「ちょいと顔を出して、すぐに帰《けえ》りやす」

「連れてくる子分は」

泉十郎は、神山と渋沢がいっしょかどうか知りたかったのだ。

「その日によってちがいやすが、五、六人のことが多いようでさァ」

六助は、訊いたことをすぐに話すようになった。すこししゃべったせいで、隠す気が失《う》せたようだ。

「そのなかに、龍神と赤鬼もいるのか」

泉十郎は、神山と渋沢の名を出さなかった。龍神と赤鬼の方が、通りがいいと思ったのである。

六助は驚いたような顔をして泉十郎を見上げ、

「か、神山の旦那は、いつも親分といっしょで」

と、声を震わせて言った。

「渋沢は」

「渋沢の旦那は、勝蔵親分が来るときだけ顔を見せやす」

「繁五郎といっしょに賭場に来るのは、神山の他は子分たちだな」

「神山の旦那の他に、二本差しがふたりいやす」

「神山の他に、武士がふたりもいるのか」

泉十郎は驚いた。繁五郎は賭場に出入りするおり、用心棒として武士を三人連れてくるらしい。

「へい」

「ふたりの武士は、牢人か」

泉十郎は、ふたりの武士の腕のほどを知りたかったのだ。

「ふたりとも、家は郷士のようですぜ」

六助が、ふたりの名を口にした。原山佐七郎《はらやまさしちろう》と富川進三郎《とがわしんざぶろう》とのことだった。

「腕は立つのか」

「ふたりとも、剣術は強《つえ》えと聞いてやす」

六助が言うと、

「ふたりは、遠山《とおやま》道場の門弟だったようでさァ」

脇にいた太吉が口を挟んだ。

「遠山道場な。……どこにあるのだ」

泉十郎は、遠山道場の名を聞いた覚えがなかった。

「道場は、高崎にあったんですがね。三年ほど前に、潰れちまったんで」

「馬庭念流《まにわねんりゅう》の道場か」

泉十郎が訊いた。

馬庭念流は、上州馬庭の地にある樋口《ひぐち》家に代々伝わる流派で、上州一帯に隆盛《りゅうせい》していた。高崎に剣術道場があるとすれば、馬庭念流とみていい。

「そう聞いていやす」

六助が言うと、太吉がうなずいた。

六助や太吉のように剣術道場に縁のない者でも、馬庭念流のことは知っているようだ。

そのとき、泉十郎の脇で聞いていた植女が、

「神山と渋沢も、馬庭念流を遣うのではないか」

と、六助に目をやって訊いた。

「ふたりも、馬庭念流を遣うと聞きやした」

「いずれにしろ、繁五郎の用心棒には、馬庭念流の遣い手が何人もいるわけだな」

泉十郎は、迂闊に仕掛けられないと思った。

それから、泉十郎は繁五郎の住処を訊いた。

「親分は、宿場の女郎屋にいやす」

六助によると、華村《はなむら》という女郎屋で倉賀野宿でも名の知れた店だという。

「勝蔵は」

「分からねえ。宿場のどこかにいるはずだが、あっしは聞いてねえ」

六助が言うと、

「あっしも知らねえ」

太吉が、すぐに言った。

泉十郎は訊問がひととおり終わると、

「他に訊くことがあるか」

と言って、おゆらに目をやった。

おゆらは、無言のまま首を横に振った。

泉十郎たちは、六助と太吉から話を聞き終えると、清水たちのいる泉光寺へ連れていくことにした。このまま帰すと、ふたりはすぐに繁五郎の許に走るだろう。それに、清水たちも、ふたりに訊きたいことがあるかもしれない。

3

泉十郎たちが泉光寺についたのは、夜がだいぶ更《ふ》けてからだった。烏川を渡るおりに、繋いである渡し舟をひそかに使ったこともあって、手間取ったのである。

泉光寺の本堂の前に、六人の男が集まった。泉十郎と植女、それに清水、桑原、田島、菊川の四人である。手先の安吉たちには声をかけなかった。

まず、泉十郎が六助と太吉を捕らえた経緯と、この場に来る前に六助たちから聞いたことをかいつまんで話した後、

「何かあったら、ふたりに訊いてくれ」

と、清水たちに声をかけた。

清水たち四人は、驚いたような顔をして泉十郎の話を聞いていたが、

「半年ほど前だが、火盗改の者がふたり、倉賀野で殺されたのだが、知っている
か」

と、清水が六助を見据えて訊いた。

泉光寺の境内は、夜陰につつまれていた。清水の双眸が、夜禽《やきん》を思わせるよう
にうすくひかっている。

「へ、へい」

六助が首を竦めて応《こた》えた。

「その当時も、おまえたちのように街道筋で見張っていた者がいたのではない
か」

「あっしらじゃァねえ」

六助が声を大きくして言った。

「他の者が、街道や宿場を見張っていたのだな」

清水が念を押すように訊いた。

「そう聞いてやす」

「殺されたふたりを襲ったのは、神山たちではないか」

「そのようで」

「やはり、神山たちか」

清水はいっとき口をとじたまま夜陰に目をむけていたが、

「ところで、江戸の深川で賭場をひらいていた勝蔵だがな、江戸にも縄張りをひろげる狙いもあるのだろうが、それだけではあるまい」

そう言って、六助たちに一歩近付き、

「江戸で、火盗改の動きを探る狙いがあったのではないか」

と、強いひびきのある声で訊いた。

どうやら清水も、勝蔵たちは賭場のほかに別の目的があって江戸に来ていた、と睨《にら》んでいたようだ。

「……！」

六助と太吉は口をとじたまま清水の顔を見上げている。

「火盗改の者が倉賀野へ行くことを知らせたのは、江戸にいる勝蔵たちだな」

清水の語気が強くなった。

「そうで……」

「やはりそうか。勝蔵たちが江戸で賭場をひらいたのは、火盗改の動きを探るためでもあったのだな」

清水が言うと、その場にいた泉十郎たちがうなずいた。

「勝蔵を江戸にやってまで、火盗改の動きを探ろうとしたのはなぜだ。火盗改の取り締まりを恐れたとしても、度が過ぎている」

清水が六助の前に屈み、睨むように見据えて訊いた。

「四、五年前《めえ》、親分は火盗改の旦那たちにひでえ目に遭ったんでさァ」

六助によると、四、五年前、火盗改が繁五郎の賭場に踏み込み、繁五郎を捕らえようとしたという。そのおり、賭場に居合わせた繁五郎の倅《せがれ》の忠次郎《ただじろう》が、火盗改に斬り殺された。それだけでなく、火盗改の手にかかって繁五郎の懐刀《ふところがたな》だった賭場の中盆も殺されたそうだ。

「その後、親分は火盗改を目の敵《かたき》にするようになったんでさァ」

六助が言い添えた。

「うむ……」

清水は納得したようにうなずいた後、そばにいた桑原たち三人に、

「六助と太吉を、本堂の隅にほうり込んでおいてくれ」

と指示した。

そして、桑原たち三人が境内にもどるのを待ってから、

「どうする。迂闊に、倉賀野宿には入れないぞ」

清水が、泉十郎と植女に目をやって訊いた。

「繁五郎は火盗改を恐れて、街道筋に目を配っているようだが、かえって好都合かもしれない」

泉十郎が言った。

清水たち四人の視線が、泉十郎に集まった。

「繁五郎は、見張り役の六助と太吉がいなくなったことで、火盗改が倉賀野宿に踏み込んだことを察知するはずだ。……おそらく、繁五郎は警戒して住処にしている女郎屋に籠るか、別の隠れ家に身をひそめるかして様子をみるのではないかな。しばらく、賭場へも行かないはずだ」

「おれも、そうみる」

植女が言い添えた。

「かといって、賭場を中盆だけにまかせ、貸元が顔を出さないわけにはいくま

い。……おれは、代貸《だいかし》として勝蔵を賭場へやるとみている」

「そうかもしれん」

清水がうなずいた。

「勝蔵が用心棒として連れて行くのは、渋沢と数人の子分だけだろう」

「賭場の近くに張り込んで、勝蔵を襲うのか」

清水が声を上げた。

「そうだ。……勝蔵が姿を見せなければ、そのまま賭場に踏み込み、中盆や子分たちを捕らえればいい」

泉十郎が、捕らえた中盆や子分たちを訊問すれば、勝蔵や渋沢たちの居所も知れ、あらためて、捕縛にむかうこともできると言い添えた。

「やろう！」

清水が昂った声で言った。

4

翌日、泉十郎たちは、午後になってから泉光寺を出た。

清水たち四人は町人の旅人に身を変え、菅笠で顔を隠していた。ただ、刀を持参するために、旅商人ふうの格好をしたふたりが、大きな風呂敷包みを背負っていた。そのなかに、刀を隠したのである。

泉十郎も、町人体に身装《みなり》を変えた。昨日と同じ姿だと、覚えている者がいるかもしれないと思ったのだ。ただ、植女だけは、いつもと同じ虚無僧姿である。総髪だったので、町人には変装しづらかったのだ。

安吉たち三人は、寺に残した。賭場にいる繁五郎の子分たちと斬り合いになるとみていたので、安吉たちは連れていかなかったのだ。

街道に出ると、泉十郎が先に立ち、清水たちは間をとって歩いた。そして、最後尾に植女がついた。

泉十郎は街道を歩きながら、おゆらの姿を探した。烏川の渡し場が前方に見えてきたとき、前から歩いてくる巡礼の姿が目にとまった。

……おゆらだ！

すぐに、泉十郎は気付いた。

おゆらは、ゆっくりした足取りで歩いてくる。

泉十郎はおゆらに近付くと歩調を緩め、すれ違いながら、「清水どのたちと賭場へむかう。植女は後ろだ」とだけ伝えた。これだけで、おゆらはすべてを察知するはずだ。おゆらは、うなずいただけで通り過ぎた。

泉十郎たちは烏川の渡し場についても、離れたままだった。舟にも、二艘《そう》に分かれて乗った。

泉十郎は烏川の岸から離れ、街道に出ていっとき歩くと、六助たちが身をひそめていた笹藪に目をやった。人影はなかった。

泉十郎は街道の左右に目をやりながら歩いた。

……いる！

泉十郎は、檜《ひのき》の林のなかに人影があるのを目にとめた。

街道から半町ほど離れた場所に、檜の林があった。林といっても、田と畔道の間の狭い土地に檜が植えられているだけだ。

その檜の樹陰に、ふたりの男が身をひそめていた。顔は見えないが、町人体であることは分かった。おそらく、繁五郎の子分が街道を見張っているのだろう。

泉十郎や後続の清水たちには不審を抱かなかったとみえ、ふたりの男は樹陰から動かなかった。

さらに、泉十郎たちは中山道と例幣使街道の追分の近くまで来た。

……ここにもいる！

街道沿いの杉の樹陰に、男がふたりいた。杉の切り株に腰を下ろしている。

泉十郎が、昨日見たのと同じ場所だった。ひとりは昨日と同じ男だったが、もうひとりは別人らしい。交替したのだろう。

ふたりの男は、泉十郎や後続の清水たちに目をやったようだが、その場から動かなかった。不審を抱かなかったようだ。

泉十郎たちは、倉賀野宿に入った。宿場は昨日と変わりなかった。旅人、荷駄を引く馬子、駕籠などが行き交っている。

泉十郎たちは宿場に入ってから、すこし間をつめた。近付いても気付かれる恐れはなかったし、離れて歩くと見失うかもしれない。

先導する泉十郎は倉賀野河岸に出て、土蔵や問屋などの並ぶ河岸沿いの道を東にむかった。そして、前方に地蔵堂が見えてきたところで足をとめると、空き地の隅の笹藪の陰に身をひそめた。

後続の清水たち四人が顔をそろえ、最後尾にいた植女も姿を見せた。

泉十郎は六人が集まったところで、

「そこに、地蔵堂があるな。裏手の家が賭場だ」

と、前方を指差して言った。

「賭場はひらいているかな」

清水が西の空に目をやって言った。

陽は山脈《やまなみ》の向こうに沈みかけていた。七ツ半（午後五時）ごろではあるまいか。賭場がひらかれているころである。

「それがしが、見てきます」

桑原が清水に目をやって言った。

桑原は町人体で菅笠をかぶり、振り分け荷物を肩にかけていた。どこから見ても町人の旅人である。

「桑原に頼むか」

清水も、桑原なら繁五郎の子分たちに火盗改と気付かれる恐れはないとみたらしい。

桑原は地蔵堂に近付くと、路傍に立って賭場になっている家に目をやった後、小径に踏み込んだ。

桑原は家の近くまで行くと、すぐに踵を返してもどってきた。

「賭場はひらいてます」

桑原がすぐに報告した。家の戸口に、三下《さんした》らしい若い男がふたりいて下足番《げそくばん》をしていたという。家のなかから、中盆らしい男の声や客たちの談笑の声が聞こえたそうだ。

「なかに、繁五郎や勝蔵がいるかどうか分かりません」

桑原が言い添えた。

「しばらく、様子をみるか」

泉十郎は周囲に目をやり、身を隠す場所を探した。

「あの椿《つばき》の陰がいいな」

泉十郎が指差した。地蔵堂の斜向かいが空き地になっていて、数本の椿が枝葉を茂らせていた。

泉十郎たちはすぐに椿の陰にまわり、賭場や地蔵堂の前の通りに目をやった。繁五郎か、勝蔵が姿を見せるかもしれない。

「男が、出てきました」

賭場に目をやっていた田島が、声をひそめて言った。

見ると、賭場につづく小径を小袖を裾高に尻っ端折りした遊び人ふうの男が、肩を振るような格好をしてこちらに歩いてくる。

「おれが、あの男に訊いてみる」

泉十郎は、そう言い置いて通りへ出た。

遊び人ふうの男が小径から通りに出て、倉賀野河岸の方にむかって歩きだしたとき、

「ちょいと、すまねえ」

と、泉十郎が声をかけた。町人らしい物言いである。

泉十郎は御庭番として諸国を旅し、さまざまな身分の者に化けて聞き込みや探索にあたる。町人になりすまして、話を訊くことにも慣れていた。

「おれかい」

「ちょいと、訊きてえことがあってな。歩きながらでいいんだ」

泉十郎が男に身を寄せて言った。

「なんでえ」

男は仏頂面《ぶっちょうづら》をした。泉十郎をうさん臭い男とみたのか、それとも博奕で負けたかである。

泉十郎は男と肩を並べて歩きながら、

「目が出ましたかい」

と、声をひそめて訊いた。

「何のことだい」

男は、泉十郎を睨むように見据えた。

「ヘッヘヘ、あっしも好きな方でしてね」

そう言って、泉十郎は壺を振る真似をして見せた。

「手慰《てなぐさ》みかい」

男の顔が、すこしやわらいだ。手慰みとは、博奕のことである。

泉十郎は男に身を寄せ、

「繁五郎親分の賭場が、この辺りにあると聞いてきたんでさァ」

と、声をひそめて言った。

「そこの地蔵堂の裏だよ」

男が素《そ》っ気《け》なく言った。

「ひらいてるんですかい」

「やってるよ」

「ありがてえ。……ちょいと、覗いてくるかな」

「そうしな」

男はすこし足を速めた。泉十郎から離れようとしたらしい。

「ところで、繁五郎親分はいやしたかい。……親分の顔も拝みてえと思いやしてね」

泉十郎も足を速めて訊いた。

「いねえよ」

「親分は、いねえんですかい。それじゃァ、中盆が親分代わりで」

「いや、代貸が来てるよ」

男は歩調を緩めた。泉十郎と話す気になったようだ。

「代貸ってえのは、だれだい」

「勝蔵ってえ名でな、繁五郎親分の一の子分だ。身内たちには、江戸の親分と呼ばれてるらしいや」

「江戸の親分ですかい」

泉十郎は驚いたような顔をして見せた。

「おれは話に聞いただけだが、江戸で賭場をひらいていたらしい。……もっとも、江戸の賭場をしめて、倉賀野に帰《けえ》ってきたようだがな」

「その代貸が、賭場に来てるんですかい」

「そうだよ」

泉十郎は急に声をひそめ、

「おめえさんなら、知ってるかな。この辺りで幅を利かせている男なら、知らねえやつはいねえと聞いてきたんだが」

と、上目遣いに男を見ながら言った。

「何のことだい」

「倉賀野の賭場には、怖《こえ》え鬼と龍がいるから気をつけろって言われたのよ」

「いるよ」

男が声を低くして言った。

「そこの賭場にも、来てるんですかい」

泉十郎は、渋沢と神山がいるかどうか聞き出そうとしたのだ。

「赤鬼の旦那が来てるよ」

「そいつは、怖《こえ》え。出直すかな」

泉十郎は戸惑うような顔をして見せた。

「なに、心配ねえ。赤鬼の旦那は、脇の座敷で酒を飲んでるだけで、賭場には出てこねえよ」

「それじゃァ、ちょいと覗いてみるかな」

泉十郎が足をとめた。

「いい目が出るといいな」

男はそうつぶやき、足早に泉十郎から離れていった。

5

泉十郎は清水たちに、男から聞いたことをかいつまんで話した後、

「どうする、勝蔵たちが賭場から出てくるのを待つか」

と、清水たちに訊いた。

「暗くなる前に出てくるのではないか」

清水が言った。

「おれもそうみる。出てくるのを待てばいい」

すぐに、植女がつづいた。

「よし、ここで勝蔵たちを待ち伏せよう」

泉十郎も、勝蔵と渋沢を討ついい機会だと思った。

泉十郎たちは、椿の陰に身を隠したまま勝蔵たちが賭場から出てくるのを待った。それから、小半刻（三十分）ほどすると、陽は沈み、椿の陰は夕闇に染まってきた。この間にも、何人か賭場に出入りする者がいたが、勝蔵たちは姿を見せなかった。

「そろそろ、出てきてもいいころだがな」

暗くなる前に、勝蔵は賭場を出て住処に帰る、と泉十郎はみていた。貸元の代わりであれば、客たちに挨拶をした後、中盆にまかせて帰ってもいいのだ。

「だれか、出てきたぞ」

桑原が声をひそめて言った。

地蔵堂の脇の小径の先から、男たちの声や下駄の音などが聞こえた。夕闇のなかに、六、七人の姿が浮かび上がっている。

「勝蔵たちだ！」

泉十郎は、巨漢の武士とその脇を歩いている男の体軀《たいく》に見覚えがあった。渋沢と勝蔵である。

「渋沢の他にも、武士がいるぞ」

清水が言った。

勝蔵の脇に、大小を帯びた男がいた。長身の武士である。六助たちが話していた原山か富川ではあるまいか。

勝蔵たちは、総勢七人だった。勝蔵と渋沢、それに長身の武士、他の四人は繁五郎の子分であろう。

勝蔵たちは、地蔵堂の脇の小径から通りに出てきた。何か話しながら、倉賀野河岸の方へむかっていく。

「いくぞ！」

椿の樹陰に身をひそめていた泉十郎たちが、いっせいに走りだした。

ザザザッ、と雑草を分ける音をひびかせ、大勢の男が空き地のなかを駆け抜けていく。勝蔵たちが、その場に立ち竦んだ。突然飛び出してきた大勢の男たちに、度肝《どぎも》を抜かれたらしい。

「火盗改《かとう》だ！」

勝蔵がひき攣ったような声で叫んだ。

その声で、勝蔵の後ろを歩いていた男たちが走り寄り、勝蔵を取り囲んで守るように立った。

泉十郎たちは二手に分かれ、勝蔵の前後にまわり込んだ。賭場に逃げもどるのを防ぐために、勝蔵の後ろにもまわったのだ。

前方から勝蔵たちに迫ったのは、泉十郎、植女、田島の三人。後方は清水、桑原、菊川の三人である。

「やつらを殺せ！」

勝蔵が叫ぶと、渋沢と長身の武士が抜刀した。子分たちも、いっせいに懐に呑《の》んでいた匕首を抜いた。

植女は長身の武士に走り寄ると、

イヤアッ！

突如、裂帛の気合を発して抜き付けの一刀をはなった。

シャッ、という抜刀の音がし、淡い夕闇のなかに稲妻《いなずま》のような閃光《せんこう》が袈裟にはしった。居合の一瞬の抜刀である。

ザクリ、と武士の肩から胸にかけて、小袖が裂けた。武士は恐怖に目を剝き、刀の柄に手をかけたまま後じさった。

武士のあらわになった肌に傷口が赤くひらき、血が迸り出た。それでも、武士は体勢をたてなおして抜刀した。深手ではあるが、まだ闘う余力があるようだ。

「居合か！」

武士は切っ先を植女にむけて叫んだ。

青眼の構えだ。遣い手らしく、腰が据わっている。ただ、切っ先が小刻みに震えていた。激しい気の昂りのせいである。

このとき、泉十郎は青眼に構え、剣尖を渋沢の目線につけていた。対する渋沢は上段だった。刀身を垂直に立て、剣尖を天空にむけている。その巨軀とあいまって、大樹を思わせるような大きな構えだった。渋沢は、足を撞木にひらいていた。馬庭念流独特の構えである。

「また、おぬしか」

渋沢の顔に、怒りの色が浮いた。すでに、渋沢と泉十郎は切っ先を合わせている。

「今日こそ、決着をつけてやる」

泉十郎が渋沢を見据えて言った。

ふたりは全身に気勢をみなぎらせ、斬撃の気配をみせて気魄《きはく》で攻めていたが、渋沢が先《せん》をとった。

「いくぞ！」

と渋沢が声をかけ、泉十郎との間合をつめ始めた。足裏で地面を摺るようにしてジリジリと迫ってくる。

泉十郎は巨岩が迫ってくるような威圧を感じたが、身を引かなかった。斬撃の気配を見せながら、渋沢との間合と気の動きを読んでいる。

ふいに、渋沢の寄り身がとまった。まだ、一足一刀の斬撃の間境の外である。渋沢は泉十郎の構えをくずしてから、斬撃の間境に踏み込もうとしているようだ。

このとき、泉十郎は渋沢の気が乱れたのを感知し、斬撃の気配を見せて、つッ、と切っ先を突き出した。斬撃の起こりとみせた誘いである。

次の瞬間、渋沢の全身に斬撃の気がはしった。渋沢の巨軀がさらに膨れ上がったように見えた刹那《せつな》、
タアリャッ!

裂帛の気合とともに閃光がはしった。

上段から真っ向へ――。稲妻のような斬撃である。

一瞬、泉十郎は、右手に踏み込みざま刀身を横一文字に払った。

渋沢の切っ先は、泉十郎の肩先をかすめて空《くう》を切り、泉十郎の切っ先は、渋沢の左袖を斬り裂いた。

ふたりは、弾かれたように大きく背後に跳んで間合をとった。敵の二の太刀を恐れたのである。

ふたたび、渋沢は上段、泉十郎は青眼に構えた。

「初手は、相撃ちか」

渋沢が口許に薄笑いを浮かべて言った。だが、目は笑っていなかった。獲物を狙う猛虎《もうこ》のように爛々《らんらん》とひかっている。

6

清水は青眼に構え、繁五郎の子分のひとりに切っ先をむけていた。子分は浅黒い顔をした若い男である。

若い男は親分の勝蔵の前に立ち、匕首を手にして身構えていた。勝蔵を守ろうとしているのだが、腰が浮き、手にした匕首が震えている。

勝蔵は怒りに目をつり上げ、歯を剝き出していた。

「殺せ！　火盗改どもを殺せ」

勝蔵は叫びながら、後じさり始めた。

清水は切っ先を若い男にむけながら摺り足《すあし》で迫っていく。

若い男も下がったが、清水との間合はすぐに狭《せば》まった。勝蔵の動きが遅いためにわずかしか下がれなかったのだ。

「やろう!」

若い男が叫びざま踏み込み、手にした匕首を突き出した。

刹那、清水が刀身を撥《は》ね上げた。

キーン、という甲高い金属音がひびき、若い男の手にあった匕首が虚空《こくう》に飛んだ。清水のふるった刀が匕首をとらえたのである。

若い男は勢い余り、たたらを踏むように泳いだ。

すかさず、清水は踏み込み、若い男が体を清水にむけたとき、二の太刀をはなった。

袈裟へ――。一瞬の斬撃である。

ザクリ、と若い男の肩から胸にかけて小袖が裂け、あらわになった肌に血の線がはしった。次の瞬間、傷口が赤くひらき、血が奔騰《ほんとう》した。若い男は呻き声を上げ、血を撒きながらよろめいた。

これを見た勝蔵は反転し、その場から逃げ出した。

清水は俊敏《しゅんびん》な動きで勝蔵に迫り、

「逃がさぬ！」

と叫びざま、勝蔵の背後から刀を一閃《いっせん》させた。素早い太刀捌きである。

清水の切っ先が、勝蔵の肩口をとらえた。次の瞬間、勝蔵は、グワッという獣の咆哮《ほうこう》のような呻き声を上げて身をのけ反らせた。羽織が肩から背にかけて裂け、あらわになった傷口から血飛沫が噴出した。

勝蔵は血を撒きながらよろめき、地面から突き出ていた石に爪先《つまさき》をひっかけ、つんのめるように転倒した。

地面に仰向けに倒れた勝蔵は、ヒッ、ヒッ、と喉を裂くような喘鳴《ぜんめい》を洩《も》らし、這《は》ってその場から逃れようとしたが、いっときすると地面に身を伏してしまった。

勝蔵は四肢《しし》を動かし、身を捩っていたが、すぐに力尽きて動かなくなった。勝蔵の肩口から流れ出た血が夕闇のなかで、赭黒《あかぐろ》くひろがっていく。

「勝蔵を仕留めたぞ！」

清水が叫んだ。

すると、まだ生き残り、桑原たちに匕首をむけていたふたりの子分が、悲鳴を上げながら逃げ出した。

このとき、泉十郎は渋沢と対峙していた。泉十郎は青眼、渋沢は大きな上段に構えている。

渋沢は清水の声を耳にすると、一瞬顔をゆがめて後じさり、

「勝負はあずけた！」

と言いざま、反転して走りだした。抜き身を手にしたままである。

「逃さぬ」

泉十郎も、抜き身を引っ提げたまま渋沢の後を追った。何としても、ここで仕留めたかったのだ。

渋沢は倉賀野河岸の方にむかって逃げた。巨漢だが、足は速かった。泉十郎も、足は遅くない。

半町ほど走ったろうか。渋沢との間がつまってきたとき、前方から歩いてくる数人の男の姿が見えた。船頭らしい風体の男たちである。

渋沢は男たちが近付くと、「追剝ぎだ！」と叫び、男たちの後ろへまわって、さらに走った。

男たちは道のなかほどに立ったまま、戸惑うような顔をして、前方から走ってくる泉十郎に目をむけている。

「どけ！」

泉十郎が叫んだ。

だが、男たちはすぐに道をあけなかった。泉十郎が町人の旅人のような格好をしていたので、侮《あなど》ったのかもしれない。

「てめえ、追剝ぎか！」

大柄な男が叫んだ。

男たちは、身構えたまま後じさった。泉十郎が抜き身を手にしていたので、闘う気はないようだ。

こうしている間も、渋沢の姿は夕闇のなかを遠ざかっていく。

「逃がしたか」

泉十郎は、手にした刀を鞘に納めた。追っても、渋沢に追いつけそうもなかった。

しかたなく、泉十郎は踵を返し、植女や清水たちのそばにもどった。闘いは終わっていた。立っているのは味方だけだった。六人いる。ひとりも、敵に討たれた者はいないようだ。

「渋沢に、逃げられた」

泉十郎が無念そうな顔をして言った。

「勝蔵を仕留めたのだ。よしとせねばなるまい」

清水が言った。

泉十郎が周囲に目をやると、四人の男が倒れていた。勝蔵と長身の武士、それに繁五郎の子分らしい男がふたりである。四人のうち、ひとりだけ体が動いていた。まだ、生きているようだ。

「ひとり、生きているぞ」

泉十郎が、動いている男を指差して言った。かすかに、呻き声も聞こえる。遊び人ふうの男だった。

「話を訊いてみるか」

泉十郎が男に足をむけた。

7

泉十郎たちは、倒れている男のそばに近寄った。まだ、二十歳《はたち》前後と思われる若い男だった。男の二の腕から胸にかけて小袖が裂け、赭黒く染まっていた。

「この男、それがしが斬りました」

菊川が言った。

「そうか」

泉十郎は、倒れている男の脇に身を寄せて助け起こした。

男は苦しげに顔をゆがめ、喘《あえ》ぎ声を洩らしていた。顔が土気色《つちけいろ》をし、体が小刻みに顫えている。

……長くは持たぬ。

と、泉十郎はみた。

「名はなんというな」

泉十郎が静かな声で訊いた。

男は目を泉十郎にむけたが、何も言わず、すぐに視線を逸《そ》らせてしまった。顔をしかめている。

「繁五郎の身内か」

さらに、泉十郎が訊いた。

「そ、そうだ……」

男が喘ぎながら言った。

「名は」

もう一度、泉十郎が訊いた。

「や、安次郎《やすじろう》……」

男が声をつまらせて言った。

「安次郎、渋沢は逃げたよ。親分やおまえたちを見捨ててな」

渋沢は勝蔵が斬られたのをみて逃げたのだが、最後まで闘わずに逃げたのはまちがいない。

「渋沢が、どこへ逃げたか分かるか」

泉十郎は、渋沢の逃げた先を知りたかったのだ。

「お、親分のところかも……」

「華村という女郎屋か」

「……」

安次郎は、無言のままちいさくうなずいた。

「華村には子分も大勢出入りしているようだが、繁五郎たちは店とは別の隠れ家にでもいるのか」

泉十郎は、店からやくざ者や牢人などが頻繁《ひんぱん》に出入りしたのでは、客が寄り付かないとみたのである。

「裏手の離れに……」

「離れがあるのか」

おそらく、華村には入らずに、離れに出入りできるようになっているのだろう。

泉十郎が口をとじると、脇で聞いていた植女が、

「ここで、おれが斬った武士だが、名を知っているか」

と、抑揚のない声で訊いた。

「と、富川進三郎……」

「富川か」

六助が口にした遠山道場の門弟だった男である。

植女につづいて、清水が離れへの出入口や子分たちの人数などを訊いているとき、安次郎は激しく身を顫わせた後、急にがっくりと首を落として息絶えた。

泉十郎たちは、安次郎の死体を路傍の叢のなかに引き込んでからその場を離れた。すでに、辺りは深い夜陰につつまれていた。

泉十郎たちが泉光寺に帰りついたのは、夜がだいぶ更けてからだった。山門をくぐり、本堂の前まで来たとき、安吉と猪七が庫裏から姿を見せ、泉十郎たちのそばに走り寄った。泉十郎たちの足音を耳にしたのだろう。

「何かあったのか」

すぐに、清水が訊いた。

「何もねえが、気になることがありやして」

安吉が言った。

「気になることとは」

清水が安吉に歩を寄せた。

泉十郎たちも安吉に近付き、耳をかたむけた。

「寺男の爺さんが、やくざ者らしいやつに呼びとめられて、いろいろ訊かれたそうでさァ」

安吉によると、爺さんは表通りでやくざ者らしい男に声をかけられたという。その際、男は爺さんが寺男であることを知っていたそうだ。

「おれたちのことを訊かれたのか」

清水の声が大きくなった。

「そのようで」

「寺男は、おれたちがここにいることをしゃべったのか」

「爺さん、訊かれるままに話したようでさァ」

「まずいな、そやつ、繁五郎の子分ではないか」

清水が眉を寄せた。

「繁五郎は、おれたちがこの寺にいることを嗅《か》ぎ出したとみていいな」

泉十郎が言い添えた。

「それに、繁五郎は、おれたちが勝蔵たちを襲って斬ったことも知ったはずだ。……すぐに、手を打ってくるのではないか」

清水が、その場に集まっていた男たちに目をやって言った。

次に口をひらく者がなく、深い夜陰のなかで男たちの双眸が、青白く浮き上がったように見えていた。

「ここを出るしかないな」

泉十郎が言った。

「どこへ行く」

「こうなったら、いっそのこと敵の懐に飛び込むか」

「懐とは」

清水が身を乗り出すようにして訊いた。

「倉賀野のどこかに古寺でもあれば、そこに潜り込むのだが……」

泉十郎が、この寺の住職に訊けば、分かるかもしれない、と言い添えた。

ともかく、明日、住職に訊いてみようということになり、その夜の話は終わった。本堂と庫裏にもどりかけたとき、

「安吉、浜助はどうした」

清水が訊いた。浜助の姿が見えなかったからだろう。

「本堂で、六助と太吉をみてやす」

「おまえたちも、明日、おれたちといっしょにここを出ることになる。浜助にも話しておいてくれ」

そう言い置いて、清水は庫裏にむかった。

第五章

倉《くら》賀《が》野《の》の死闘

1

翌日、泉十郎たちは住職に礼を言い、陽が高くなってから泉光寺を出た。捕らえた六助と太吉は、新町宿の番所に引き渡すことにした。ここまでくれば、火盗改が倉賀野に来ていることを隠す必要はない。

泉十郎たちは、中山道と例幣使街道の追分近くにある仙峰寺《せんぽうじ》という古刹にむかった。泉十郎たちが、泉光寺の住職に倉賀野宿近くにしばらく逗留したい旨を話すと、面識のある仙峰寺の住職に一筆認《いっぴつしたた》めてくれたのだ。

泉十郎たちは、昨日倉賀野宿に行ったときのように、ばらばらになって中山道を倉賀野宿にむかった。

烏川を舟で渡った後、街道に出てから繁五郎の子分が身をひそめていた欅《けやき》の樹陰に目をやったが、人影はなかった。

泉十郎は歩調を緩め、後ろから歩いてくる植女が近付くのを待って、

「見張りはいないな」

と、声をかけた。

「繁五郎は、おれたちが泉光寺に身をひそめていると知ったので、見張る必要がなくなったのではないか」

植女が小声で言った。

「今日か明日にも、泉光寺を襲う気だな」

泉十郎は、早く泉光寺を出てよかったと思った。

しばらく歩くと、前方に中山道と例幣使街道の追分が見えてきた。街道沿いの杉の樹陰に目をやったが、そこにも人影はなかった。

泉十郎と植女は間をつめたまま歩き、追分から例幣使街道へ足をむけた。繁五郎の子分の目を気にしなくてもよくなったのだ。

例幣使街道を五町ほど歩くと、左手の杉林のなかに寺の山門が見えた。

「ここだな」

泉十郎と植女は街道沿いに足をとめ、山門の先の本堂に目をやった。泉光寺と似たような寺だったが、本堂や庫裏は泉光寺より大きかった。

泉十郎たちは、後続の清水たちが集まるのを待ってから山門につづく道へ入った。仙峰寺は高台にあった。山門まで坂道になっている。

泉十郎たちが山門をくぐると、寺男が本堂前の落ち葉を箒《ほうき》で掃《は》いていた。ほっそりした三十がらみの男である。

清水が寺男に近寄り、

「それがしたちは、新町宿の近くにある泉光寺より参ったのだ。これを住職どのに渡してもらえぬか」

と言って、泉光寺の住職に認めてもらった書状を渡した。

泉十郎たちは書状に何が書かれているか見ていないが、泉十郎たちが公儀の者だと認めてあるはずだ。清水が泉光寺の住職に公儀の者だと話したからである。

寺男は、すぐに書状を持って庫裏に入った。泉十郎たちが本堂の前で待つと、住職と思われる初老の僧が寺男といっしょに庫裏から出てきた。

初老の僧は慶覚《けいかく》と名乗った後、

「ともかく草鞋を脱いで、お寛《くつろ》ぎくだされ」

そう言って、泉十郎たちを庫裏に案内した。

庫裏は泉光寺より大きく、部屋数も多いようだった。泉十郎たちに、二部屋使わせてくれることになった。すこし狭いが、本堂は使わず庫裏の座敷に寝泊まりできそうである。清水は慶覚に礼を述べた後、相応の金を包み、御布施として慶覚に手渡した。

その夜、泉十郎たちは庫裏の座敷に集まり、繁五郎たちを捕らえる相談をした。捕らえるといっても、捕方を集めることはできず、討ち取るより他にないだろう。


「渋沢は、繁五郎といっしょにいるとみていいな」

泉十郎が言った。

「繁五郎の子分の他に、鬼と龍か。それに、原山もいるはずだ」

清水が言った。

「下手に仕掛けると、返り討ちに遭うな」

できれば、赤鬼と呼ばれる渋沢と、龍神と呼ばれる神山がいっしょにいるときは避けたい、と泉十郎は思った。

「繁五郎だが、賭場へ行くかな」

清水が男たちに目をやって訊いた。

「何とも言えぬが、行くのではないかな。貸元も代貸も火盗改を怖がって、賭場へ顔も出せないとなると、賭場の客の笑い者になる。そうなれば、繁五郎も倉賀野で大きな顔はできなくなるからな」

「ならば、賭場への行き帰りを襲うか」

植女が訊いた。

「それは、どうかな。繁五郎が、子分たちをどれほど引き連れていくか見てからだな」

繁五郎は、渋沢と神山にくわえ腕の立つ子分たちを引き連れて賭場へ出かける、と泉十郎はみていた。下手をすれば、返り討ちに遭う。

「女郎屋の裏手にあるという離れを襲う手もあるな」

植女が言った。

「ともかく、離れを探ってみないか。どうするかは、それからだ」

「そうだな」

清水が言うと、その場にいた男たちもうなずいた。

翌朝、泉十郎と植女は、清水たちとは別に倉賀野宿にむかった。昨日と同じように泉十郎は町人の旅人ふうに身を変えたが、植女は小袖と裁っ着け袴に着替え、廻国修行の武芸者のような格好になった。虚無僧姿で女郎屋のまわりをうろついていたら、人目を引くとみたのだ。

清水たちもそれぞれ身を変えて、繁五郎の賭場の近くへ行くことになった。地蔵堂付近に身を隠し、繁五郎がどれほどの子分を引き連れて賭場に来るか確かめるのだ。

泉十郎と植女は、倉賀野宿を歩いた。女郎屋の華村は、すぐに分かった。宿場には女郎屋が多かったが、そうしたなかでも華村は目を引く大きな見世《みせ》だった。

門口《かどぐち》の脇に腰掛けが置いてあり、若い衆が腰を下ろしていた。客引きらしい。門口の周囲は紅殻格子《べにがらごうし》になっていて、女郎屋らしい華やかな感じがした。すでに客がいるのか、見世のなかから男の声や嬌声などが聞こえてきた。

門口からすこし離れた場所の地面が、奥にむかって踏み固められていた。そこから、見世の裏手にまわれるらしい。ただ、そこを通れば、若い衆に気付かれるし、宿場を通る者たちの目にも触れるはずだ。繁五郎や子分たちが、離れに出入りする場所ではないだろう。

2

泉十郎と植女は、足をとめずに華村の前を通り過ぎた。見世に入る気はなかったし、門口に立っていると、若い衆に声をかけられるからだ。

泉十郎たちは、華村の裏手にまわる道を探した。安次郎から、離れは華村の裏手にあると聞いていたからだ。

「そこに、路地があるぞ」

植女が指差した。

見ると、華村の脇に細い路地があった。隣の旅籠との間にある狭い路地だが、華村の裏手にまわれそうだ。

「入ってみるか」

泉十郎と植女は、路地に足をむけた。

陽の射さない薄暗い路地をすこし歩くと、思ったとおり華村の裏手につづいていた。華村の裏手は、黒板塀がめぐらせてあり、塀の内側には松、紅葉、梅などの庭木が植えられていた。

「離れらしい家があるぞ」

泉十郎が黒板塀の先を指差した。

紅葉や松の庭木の間から、家の屋根が見えた。離れらしい造りの家で、思ったより大きかった。四、五部屋あるのではあるまいか。家のあたりから、かすかに男の話し声が聞こえた。離れに出入りする繁五郎の子分たちかもしれない。

「ここだな」

泉十郎は、庭木にかこまれた家が、繁五郎の隠れ家だとみた。

「どこかに、出入り口があるはずだ」

泉十郎と植女は、塀沿いの路地をさらに歩いた。

「そこだ」

黒板塀に、切り戸があった。そこからも、出入りできるらしい。

泉十郎たちは、切り戸に近付いた。すると、家のなかから聞こえていた声が、しだいにはっきりしてきた。渋沢の旦那とか火盗改とかの言葉が、切れ切れに泉十郎の耳にとどいた。

「まちがいない。ここが、繁五郎たちの隠れ家だ」

泉十郎が声を殺して言うと、植女がうなずいた。

そのとき、切り戸に近付いてくる足音が聞こえた。複数の足音である。路地に出てくるかもしれない。

泉十郎と植女は急いでその場を離れ、来た道を引き返した。宿場の通りに出る前、振り返ると、路地の先に人影が見えた。三人――。通りの方に歩いてくる。

「気付かれたかな」

植女が通りに出てから言った。

「おれたちを目にしたかもしれんが、旅人が迷い込んだとでも思ったのではないか。……三人に慌てた様子はなかったからな」

泉十郎は、三人の男が何か話しながら通りの方に歩いてくるのを目にしたのだ。

「どうする」

歩きながら、植女が訊いた。

「離れの場所は分かったし、賭場の近くまで行ってみるか。……清水どのたちから、様子を聞いてみよう」

「そうだな」

泉十郎と植女は、倉賀野河岸に足をむけた。

泉十郎と植女が地蔵堂の近くまで来ると、空き地の椿の陰に人影が見えた。そこは泉十郎たちが身を隠して、賭場から出てくる勝蔵たちを待っていた場所である。

「清水どのたちは、椿の陰だ」

泉十郎がそう言って、空き地にむかって歩きかけた。すると、椿の陰から清水が姿を見せて手招きした。泉十郎たちに気付いたらしい。

泉十郎と植女は、椿の陰にまわった。そこには、清水の他に田島の姿もあった。

「桑原たちは」

泉十郎が訊いた。

「地蔵堂の脇にいる」

清水によると、桑原と菊川は地蔵堂の脇から賭場を見張っているという。また、手先の安吉たちは、倉賀野河岸界隈で聞き込みにあたっているそうだ。

「それで、繁五郎は姿を見せたのか」

「まだだ。通ったのは、中盆らしい男だけだ」

清水によると、半刻（一時間）ほど前、中盆らしい男が繁五郎の子分らしい男を四、五人連れて賭場へむかったという。

「今日も、賭場はひらかれるのだな」

まだ、昼を過ぎて間もなかった。賭場がひらかれるのは、八ツ半（午後三時）ごろではあるまいか。

泉十郎と植女は、華村の裏手に隠居所らしい家があったことを話してから、

「そこが、繁五郎たちの隠れ家にまちがいないようだ」

と、泉十郎が言い添えた。

「どうだ、離れを襲えるか」

清水が訊いた。

「まだ、何とも言えん。……繁五郎といっしょに子分たちが、どれほどつめているかだな」

泉十郎は、渋沢、神山、原山の三人の他に、繁五郎の子分たちが大勢いれば、返り討ちに遭う恐れがあるとみていた。

「ともかく、繁五郎がどれほどの子分を賭場に連れて来るか見てみよう」

清水が言った。

それから、小半刻(三十分)ほどすると、遊び人ふうの男や船頭、それに旅人などがひとりふたりと、地蔵堂の脇の小径から賭場にむかった。客が集まりだしたようだ。

陽が西の空にまわったころ、通りの先に何人もの男たちの姿が見えた。

「繁五郎たちだ!」

清水が通りの先を見つめながら言った。

七、八の男がかたまりになって、こちらに歩いてくる。武士体の男の姿もあった。男たちは、しだいに地蔵堂に近付いてきた。

男たちの集団の前の方に、巨軀の武士がいた。渋沢である。渋沢の背後に、総髪で牢人体の男がいた。大刀を一本落とし差しにしている。渋沢も江戸にいるときは、牢人体だったが、いまは武士らしい格好をしていた。

「渋沢の後ろにいるのが、神山ではないか」

植女が身を乗り出すようにして言った。

「そのようだ」

泉十郎は、総髪の男に隙がなく、腰が据わっているのを見てとった。それに、男の身辺には多くの人を斬ってきた者特有の残忍《ざんにん》さと酷薄《こくはく》な雰囲気《ふんいき》がただよっている。

「神山の後ろにいるのが、繁五郎か」

初老だった。髷《まげ》に白髪《しらが》が混じっている。痩身だが、六尺ちかい背丈があった。鼻梁が高く、顎《あご》がしゃくれている。

「繁五郎の後ろにいる武士が、原山だな」

植女が言った。

「そうらしい」

繁五郎のすぐ後ろに武士がいた。小袖に袴姿で、二刀を帯びている。腰が据わり、身辺に隙がなかった。

渋沢、神山、原山の他に、三人の遊び人ふうの男がいた。繁五郎をくわえ総勢七人である。

「あれだけなら、何とかなるぞ」

清水が身を乗り出した。

「待て、他にもいる。繁五郎たちの後ろを見ろ」

泉十郎は、繁五郎たちのすぐ後ろから四人の男が歩いてくるのを目にした。渡世人ふうの男が三人、それに遊び人ふうの男がひとりいた。渡世人ふうの男はいずれも、長脇差を腰に帯びている。

「あやつらも、繁五郎の子分か」

「そうらしい」

「連れと知れないように、間をとっているのだな」

「繁五郎は、勝蔵たちを襲ったおれたちの人数を知って、それに負けない人数を集めたようだ」

繁五郎の子分が、泉光寺に身をひそめていた泉十郎たちの人数を聞き出したにちがいない、と泉十郎は思った。

「ここで、襲うわけにはいかないな」

清水が顔をしかめて言った。

繁五郎たちは、地蔵堂の脇の小径を賭場にむかった。

3

「そろそろ、姿を見せてもいいころだな」

泉十郎が地蔵堂の小径に目をやった。

辺りは、淡い夕闇につつまれていた。すでに、暮れ六ツ（午後六時）を過ぎている。泉十郎たちは、椿の樹陰に身を隠したまま繁五郎たちが賭場から出てくるのを待っていた。泉十郎たちは繁五郎たちが賭場に入ったのを確認した後、繁五郎の帰りを尾けてみることにした。それというのも、繁五郎があれだけ多くの子分たちを引き連れたまま、宿場にある離れまで帰ることはないとみたからだ。途中で、何人か離れるはずである。

「まさか、賭場をしめるまでいるのではあるまいな」

清水の顔には、疲労の色があった。昼前にこの場に着いてから、ずっと見張っていたのである。

「来た！」

菊川が声を殺して言った。地蔵堂の脇で見張っていた菊川たちも、椿の樹陰にもどっていたのだ。

見ると、地蔵堂の小径から男たちが姿を見せた。繁五郎たちである。

「帰りも同じ人数だ」

清水の声には、いらだったひびきがあった。

繁五郎と前後をかためた六人、その背後から渡世人たち四人が歩いてくる。賭場にむかったときと、同じ男たちである。

「このままの人数で、離れまで帰るのか」

清水がうんざりしたような顔をした。

「ともかく、尾けてみよう」

泉十郎たちは、繁五郎たちが遠ざかってから通りに出た。相手が大勢なので、距離を置いても見逃すことはない。

繁五郎たちは、倉賀野河岸を経て宿場に出た。華村のある方にむかっていく。

宿場は夕闇につつまれていたが、旅籠、女郎屋、飲み屋などの灯が辺りを照らしていた。宿場を行き来する者はすくなくなかった。旅人だけでなく、倉賀野河岸で働く船頭や船大工、近隣の遊び人などもいるようだ。

泉十郎たちは、繁五郎たちとの間をつめた。行き交うひとの陰にまわれば、多少近付いても気付かれる恐れはなかった。

前方に華村の灯が見えてきたとき、渋沢だけが路傍に足をとめた。巨軀だったので、すぐにそれと知れたのである。繁五郎たち六人は、そのまま華村の方へ歩いていく。

渋沢は繁五郎たちの後ろから歩いてきた渡世人たちといっしょになると、左手の路地に入った。そこで、渋沢たちは繁五郎たちと分かれたのである。

「おれと植女で、渋沢たちを尾ける。清水どのたちは、繁五郎たちを尾けてくれ」

泉十郎が言った。

「承知した」

清水たちは、すこし足を速めて繁五郎たちを尾けた。

泉十郎と植女は、渋沢たちが入った路地の角から覗いてみた。路地には、ちらほら人影があった。渋沢たち五人の姿も見えた。路地沿いに小体な飲み屋やそば屋などがあり、淡い灯を落としていた。

泉十郎と植女は路地に入り、暗がりを辿るようにして渋沢たちの跡を尾けた。しばらく歩くと、飲み屋やそば屋などの店はなくなり、小体な仕舞屋が目立つようになった。倉賀野宿や河岸で働く者の住む家かもしれない。

渋沢たちが、仕舞屋の前で足をとめた。そして、遊び人ふうの男だけがその場を離れ、渋沢と渡世人ふうの三人が、表戸をあけて家に入った。

「渋沢たちの塒《ねぐら》のようだ」

泉十郎と植女は仕舞屋の前まで行ったが、すぐに引き返した。これ以上、渋沢たちを見張っている必要はなかったのだ。

「渋沢は繁五郎たちとは、別に住んでいるようだな」

街道の方へ歩きながら、泉十郎が言った。

「近所で様子を訊いてみるか。……そこに、そば屋がある。入らんか」

植女が路地の先を指差した。

「いいな」

泉十郎は腹がすいていた。植女もそうだろう。

小体なそば屋だった。土間に飯台《はんだい》がふたつ置いてあるだけで、客の姿はなかった。それでも、泉十郎と植女が入っていくと、年増が顔を出し、

「いらっしゃい」

と声をかけ、愛想《あいそ》笑いを浮かべた。

泉十郎たちは、そばと酒を頼んだ。しばらく待つと、年増と店の親爺がそばと酒を運んできた。泉十郎は、それとなく仕舞屋に入った男たちのことを訊いてみた。

「あそこに住んでいたのは、親分さんですよ。ちかごろ、殺されたようで……」

親爺が、声をひそめて言った。

年増は、「近くに住んでると、怖いねえ」と身を竦ませるような仕草をして言い残し、奥へ引っ込んでしまった。

親爺は親分さんと呼んだが、勝蔵のことだろう、と泉十郎はみた。渋沢が入った家は、勝蔵の隠れ家だったらしい。

「おかしいな。ちょいと前《めえ》に、武士と男が三人、家に入ったのを見たぜ」

泉十郎は町人らしい物言いをした。

「体の大きな武士かい」

親爺が眉を寄せて訊いた。

「そうだよ」

「殺された親分さんの用心棒だよ。おまえさんたち、近寄らねえ方がいいぜ。鬼のように怖えひとだからな」

親爺はそう言い残し、奥の板場にもどった。

泉十郎と植女は路地から宿場に出ると、華村の脇の路地へ入ってみたが、清水たちの姿はなかった。先に仙峰寺に帰ったらしい。

その夜、泉十郎たちは仙峰寺の庫裏で清水たちと顔を合わせると、まず泉十郎と植女が渋沢たちが入った仕舞屋のことを話した。

泉十郎は話が済むと、

「繁五郎たちは、どうした」

と、清水に訊いた。

「繁五郎たちは、華村の裏手の離れに入ったよ」

清水によると、繁五郎たちは華村の脇の路地を辿り、黒板塀にある切戸からなかに入ったという。

「やはりそうか」

「渋沢と三人の渡世人が別の住処にいるなら、離れは手薄だ」

清水が低い声で言った。

座敷にいた桑原たちが、顔をひきしめてうなずいた。

「どちらを先に襲う」

泉十郎は、渋沢たちを襲うこともできるとみたのだ。

「繁五郎たちだ。何としても、繁五郎は討ち取りたいからな」

清水が言うと、桑原たち三人がうなずいた。

4

翌日、陽が西の空にまわったころ、安吉が仙峰寺の庫裏にもどってきた。桑原と田島が、安吉たち三人を連れて倉賀野宿に行き、華村近くに身をひそめて繁五郎たちを見張っていたのだ。

安吉は、何か知らせることがあって仙峰寺にもどったらしい。

「繁五郎たちが、離れを出て賭場へむかいやした」

すぐに、安吉が言った。

「それで、人数は」

清水が訊いた。

「十人ほどで」

「渋沢たちもいっしょだな」

「へい、宿場でいっしょになり、繁五郎についていきやした」

「それで、桑原たちは」

「念のため、桑原の旦那が猪七を連れて、繁五郎たちの跡を尾けてやす」

田島と浜助は宿場に残り、華村と渋沢たちの住む家を見張っているという。見張るといっても繁五郎たちはいないので、ときどき様子を見にいくだけだろう。

「そろそろ、おれたちも支度《したく》をするか」

泉十郎が腰を上げた。

まだ、慌てることはなかった。泉十郎たちは、繁五郎や渋沢たちが、それぞれの住処にもどってから踏み込むつもりでいた。先に離れを襲い、繁五郎と神山たちを仕留める策を立てていたのだ。

「よし、支度しよう」

清水や植女も支度を始めた。だれも、町人や虚無僧などに変装しなかった。ここまでくれば、繁五郎たちに火盗改と気付かれてもかまわないのだ。

泉十郎たちは羽織袴姿で、二刀を帯びた。ただ、植女だけは小袖に袴姿で、大刀を一本だけ腰に差した。それが、植女のいつもの姿である。

「行くか」

清水が声をかけた。

泉十郎たちは境内に集まり、山門をくぐって例幣使街道へ出た。そして、中山道に入ると、ひとりふたりと間をとって歩いた。五人もの武士がまとまって歩くと、人目を引くからである。

陽は山脈《やまなみ》のむこうに沈んでいたが、上空にはまだ日中の明るさが残っていた。倉賀野宿は人通りが多かった。旅人や駄馬を引く馬子などに混じって、女郎めあての遊び人や船頭らしい男の姿もあった。

泉十郎たちは、華村の手前まで来て足をとめた。華村の門口には、客引きの若い衆の姿があった。通りかかる男に、声をかけている。

泉十郎たちがその場に立って間もなく、田島と浜助が姿を見せた。

「変わった様子はないか」

清水が田島に訊いた。

「変わりありません」

すぐに、田島が答えた。

「桑原と猪七は、まだ戻ってないな」

「まだです」

「戻るまで待つか」

清水が言い、泉十郎たちとともに路傍に身を寄せた。

泉十郎たちは、人目につかないように通行人を装って宿場を歩いたり、女郎屋を覗いたりして時を過ごした。

泉十郎たちがその場に来て、小半刻(三十分)も経ったろうか。通りの先に、桑原と猪七の姿が見えた。ふたりは、足早にこちらに歩いてくる。

泉十郎たちは、桑原たちと顔を合わせると、

「繁五郎たちは賭場へ入ったな」

清水が訊いた。

「入りました。……渋沢たちもいっしょです」

桑原によると、繁五郎についていた男たちはいずれも賭場に入ったという。

「よし、後は繁五郎たちがもどるのを待つだけだ」

清水が、近くに集まっていた男たちに聞こえる声で言った。

泉十郎たちは、桑原、田島、安吉、猪七の四人を見張りとしてその場に残し、近くにある神社に足をむけた。そこで、繁五郎たちがもどるのを待つのだ。

人気《ひとけ》のない小体な神社だが、杉や松の杜が境内をかこっていた。泉十郎たちは、静寂《しじま》につつまれた社殿の前で待った。

すでに、境内は夜陰に染まっていた。どこかで梟の啼き声がした。泉十郎は、おゆらかと思ったが、本物の梟だった。

泉十郎は植女に身を寄せ、

「おゆらは、どこにいるかな」

と、小声で言った。ここ何日か、おゆらの姿を見かけなかったのだ。

「宿場のどこかで、我々に目をむけているはずだ」

植女が抑揚のない声で言った。

境内の闇がしだいに深くなってきた。杜の杉の巨木に梟がいるらしく、ときおり啼き声が夜の静寂を破った。

そのとき、境内につづく石段を駆け上がってくる足音が聞こえた。

姿を見せたのは田島と猪七だった。ふたりは、境内にいる泉十郎たちのそばに走り寄った。

「繁五郎たちが、帰ってきました」

田島が声高に言った。

「離れにむかったのだな」

泉十郎が念を押すように訊いた。

「そうです」

「渋沢たちは」

「華村にくる手前で路地に入りましたから、渋沢たちの住処に帰ったはずです」

「そうか」

泉十郎に替わって、清水が、

「桑原たちは」

と、訊いた。桑原は田島といっしょに来なかったのだ。

「華村の近くで見張っています」

「よし、おれたちも行こう」

清水が、その場にいる男たちに言った。

5

泉十郎たちは、神社の境内から出ると宿場にむかった。辺りは夜陰につつまれていたが、宿場にはちらほら人影があった。酔客《すいきやく》や女郎屋に来た男たちである。

泉十郎たちが華村の前を過ぎ、裏手にまわる路地の近くまで来ると、桑原と安吉が走り寄ってきた。

「繁五郎たちは、離れにむかったな」

清水が、桑原に念を押すように訊いた。

「この路地を入りました。神山もいっしょです」

「よし、行こう」

泉十郎が言い、植女とともに先に立った。

路地は深い夜陰につつまれていた。泉十郎たちは、黒板塀を手で触れながら路地を進んだ。黒板塀の向こうから、男たちの談笑の声が聞こえてきた。離れにいる繁五郎の子分たちであろう。

いっとき進むと、路地が急に明るくなった。雲間から月光が射したからだ。それに、離れから洩れてくる明かりも、路地を明るくした。

「ここだ」

泉十郎が黒板塀に身を寄せて足をとめた。そこに切戸がある。

戸の脇が、わずかにあいていた。戸締まりはしていないようだ。夜間でも、子分たちが出入りできるようにしてあるのだろう。

泉十郎と植女が切戸に身を寄せて、なかの気配をうかがった。近くにひとがいないか探ったのである。

切戸の先が、離れの裏手になっているらしかった。裏手から灯の色が見え、男の話し声が聞こえてきた。裏手にだれかいるらしい。

「物音を立てないようにな」

泉十郎が声を殺して言い、そろそろと切戸をあけた。

泉十郎と植女が先に切戸から入り、清水たちがつづいた。切戸を入ってすぐのところが、離れの裏手になっていた。淡い灯が洩れ、水を使う音が聞こえた。台所になっているのかもしれない。

泉十郎は離れの脇に目をやった。建物と植木の間を通れば、表にまわれそうだ。離れの表の方で、男たちの濁声《だみごえ》や哄笑などが聞こえた。何人かで、酒を飲んでいるらしい。繁五郎は、そこにいるのではあるまいか。

「表に行くぞ」

泉十郎が先に立った。

泉十郎たちは足音を忍ばせ、離れの脇を通って表にむかった。離れの戸口は、酒落《しやれ》た格子戸《こうしど》になっていた。

男たちの声は、戸口の左手の先から聞こえてきた。灯の色もある。左手が庭になっているようだった。

泉十郎たちは、庭にまわった。庭といっても、紅葉や松などの庭木が植えてあるだけである。その庭の先に、華村が見えた。裏手である。華村の二階のいくつもの座敷から淫靡《いんび》な灯が洩れ、かすかに嬌声や客らしい男の濁声などが聞こえてきた。華村の裏手から離れへ来られるようになっているのだろう。

離れの庭に面した座敷に灯の色があった。酒を飲んでいるらしい。そこから、男たちの談笑の声や瀬戸物《せともの》の触れ合うような音が聞こえた。

「繁五郎たちがいるようだ」

泉十郎が声を殺して言った。

「支度をしろ」

清水が指示した。

すぐに、桑原たちが闘いの支度を始めた。支度といっても、袴の股立ちを取り、羽織を脱いで、襷《たすき》をかけるだけだ。

植女は、何もしなかった。腰に帯びた刀の握りを確かめただけである。

「行くぞ」

泉十郎たちは庭木の間を音のしないように通り、灯の洩れている座敷に近付いた。

庭に面したところに濡れ縁があった。男たちのいる座敷は、濡れ縁の奥である。泉十郎たちは、足音を忍ばせて濡れ縁に身を寄せた。

障子の向こうから、男たちの声が聞こえてきた。「親分」「火盗改《かとう》を始末しろ」「神山の旦那」などという言葉が聞き取れた。座敷には、六、七人の男がいるようだった。男たちの会話から、繁五郎と神山がいることも知れた。

「踏み込むぞ」

清水が声を殺して言った。

泉十郎、植女、清水、桑原、田島、菊川の六人が、足音を忍ばせて濡れ縁に近付いた。安吉たち三人は、泉十郎たちの後ろについた。直接闘いにはくわらず、様子を見て加勢するのだ。

九人の男の双眸が、夜陰のなかで青白くひかっていた。獲物に迫る狼《おおかみ》の群れのようである。

泉十郎たちは、濡れ縁の前で足をとめた。泉十郎、植女、清水の三人が濡れ縁を前にしてなかほどに立ち、桑原たちは両脇の暗がりにまわった。座敷にいる神山たちを外におびき出すために、人数をすくなく見せようとしたのだ。

ふいに、座敷から聞こえていた話し声がやみ、

「そこにいるのは、だれだ」

障子の向こうで、男の鋭い声が聞こえた。縁先の物音が聞こえたらしい。

「おまえたちを、捕らえにきた！」

清水が声高に言った。

すぐに、障子の向こうで複数のひとの立ち上がる気配がし、障子があいた。姿を見せたのは、神山と原山だった。ふたりは、大刀を手にしていた。立ち上がるおりに、そばに置いてあった刀を手にしたのだろう。

神山と原山の間から、座敷が見えた。数人の男がいる。まだ、膳を前にして座っている者もいたが、二、三人は立ち上がっていた。

「火盗改か！」

原山が叫んだ。

「表へ出ろ！」

清水が神山と原山を見据えて言った。

「三人か、返り討ちにしてくれるわ」

神山が、「火盗改は、三人だ！　殺してしまえ」と座敷にいる男たちにむかって叫んだ。神山は縁先に立っている泉十郎、植女、清水の三人だけを目にしたようだ。

すぐに、座敷にいた男たちが立ち上がり、あけられた障子の間から濡れ縁に飛び出してきた。

姿を見せたのは四人だった。遊び人ふうの男が三人、渡世人ふうの男がひとりいた。まだ、座敷にはひとのいる気配がした。繁五郎であろう。

6

「殺《や》っちまえ！」

遊び人ふうの男が、懐から匕首を取り出した。

すると、神山と原山が抜刀し、他の男たちも匕首や長脇差を抜き放った。男たちの手にした刀や長脇差が、障子の灯を映じて赤みを帯びてひかっている。

「表へ出ろ！」

泉十郎が声をかけて身を引くと、植女と清水も縁先からすこし離れた。神山たちを庭におびき出そうとしたのだ。

「やれ！」

神山が声をかけ、縁先から庭に下りた。原山がつづき、他の男たちも次々に庭に下りてきた。総勢、六人である。

そのときだった。庭に下りた遊び人ふうの男が、

「こっちにもいる！」

と、右手の暗がりに目をむけて叫んだ。

「ここにも!」

左手にいた男が、ひき攣ったような声を上げた。

ふたりの男は、両脇の暗がりに身をひそめていた桑原たちを目にしたのである。

両脇の暗がりに身を隠していたのは、桑原、田島、菊川の三人だった。神山たちも六人だが、泉十郎たちが三方から取り囲むような格好になった。

「討て!」

清水が声を上げた。

その声で、泉十郎や桑原たちがいっせいに刀を抜いた。夜陰のなかに、泉十郎たちの手にした刀が青白くひかった。植女だけは刀の柄に右手を添え、居合の抜刀体勢をとっている。

「おのれ!」

叫びざま、神山が正面に立っていた泉十郎に近付いた。

そのとき、渡世人ふうの男が長脇差を振り上げて、植女の前に踏み込んできた。植女が刀を抜く前に、斬り付けようとしたらしい。

突如、植女の全身に斬撃の気がはしった。

イヤアッ！

裂帛の気合を発して、植女が抜き付けた。

シャッ、という抜刀の音がし、閃光が夜陰のなかに稲妻のようにはしった。居合の神速の一刀である。

次の瞬間、渡世人ふうの男の肩口から胸にかけて小袖が裂け、あらわになった肩から血飛沫が飛び散った。

渡世人ふうの男は血を撒きながらよろめき、爪先を何かにひっかけて前につんのめった。地面に俯せに倒れた渡世人ふうの男は、呻き声を上げながら這って庭の奥の方へ逃げた。

植女は渡世人ふうの男にはかまわず、近くにいた匕首を手にしていた遊び人ふうの男の前にまわり込んだ。

闘いは庭のそこここで始まっていた。清水は原山と対峙していた。そこは縁先からすこし離れた場所で、松の木の脇だった。清水と原山は、相青眼に構えている。

桑原たちは、遊び人ふうの男を相手にしていた。遊び人ふうの男たちは、相手が武士ということもあって腰が引けている。

遊び人ふうの男のひとりが恐怖にかられ、逃げようとして反転した。その男の前にいた菊川が、後を追った。

男は濡れ縁に上がろうとして足をかけた。そのとき、男の背後に迫った菊川が刀を袈裟に一閃させた。

ギャッ、と悲鳴を上げて、男は身をのけ反らせた。肩から背にかけて小袖が裂け、肩口から血が噴いた。

男は血飛沫を散らせながら、濡れ縁に這い上がった。そこへ、菊川が迫り、男の背に刀を突き刺した。


一方、泉十郎は神山と対峙していた。泉十郎と神山の間合はおよそ三間――。

泉十郎は青眼に構え、神山は八相《はっそう》にとっていた。刀身を寝かせ、切っ先を右手後方にむけている。足は撞木にとっていた。馬庭念流独特の足のとり方である。

神山の構えには、威圧感がなかった。身構えには覇気《はき》がなく、ゆらりと立っているように見えた。

面長の顎のしゃくれた顔が、雲間から顔を出した月光を受けて青白く浮かび上がっていた。総髪の前髪が額《ひたい》に垂れ、細い目がうすくひかっている。

……まさに、青龍《せいりゅう》！

泉十郎は、神山に不気味さを感じた。

神山が先に動いた。気合も発せず、構えも変わらず、足裏を摺るようにしてジリジリと間合を狭《せば》めてきた。八相に構えた右手後方にむけられた刀身が、夜陰のなかを滑るように迫ってくる。

泉十郎は、動かなかった。全身に気勢を込め、斬撃の気配を見せながら神山との間合を読んでいた。

泉十郎は、神山との間合がつまるにつれ、強い威圧感を覚えた。まるで死人のように覇気がなく斬撃の気配もない神山の構えに、かえって不気味なものを感じたのだ。

神山が一足一刀の斬撃の間境まであと半間ほどに迫ったとき、突如、泉十郎は鋭い気合を発して、一歩踏み込んだ。斬り込むと見せて、神山を動揺させようとしたのである。

だが、神山は泉十郎のこの動きを待っていたかのように、一歩踏み込んで、斬撃の間境を越えた。

神山の全身に斬撃の気がはしり、体が躍《おど》った。

キエエッ!

喉を裂くような鋭い気合を発し、神山が斬り込んできた。

低い八相から袈裟へ——。一瞬の斬撃である。

刹那、泉十郎は上半身を後ろに反らせた。身を引く間がないと感知し、反射的に体が反応したのだ。

サクッ、と泉十郎の肩から胸にかけて小袖が裂けた。だが、切っ先は肌まではとどかなかった。一瞬、泉十郎が上体を反らせたためである。

次の瞬間、泉十郎と神山は弾き合うように後ろへ跳んだ。お互いが相手の斬撃を避けようとしたのだ。

ふたたび泉十郎と神山は、青眼と八相に構え合った。

「浅かったか」

神山の口許に薄笑いが浮いた。だが、泉十郎にむけられた細い目は、笑っていなかった。切っ先のような鋭いひかりを宿している。

7

植女は遊び人ふうの男を斬ると、濡れ縁に踏み込んだ。座敷にいる繁五郎が気になったのだ。

障子の先に、ひとのいる気配がする。

植女につづいて、桑原と田島も濡れ縁に上がった。

植女が障子を開け放った。座敷の隅に、ふたりの男が立っていた。ひとりは繁五郎だった。もうひとりは若い男である。

繁五郎の手に、長脇差が握られていた。咄嗟に、座敷に置いてあったものを摑んだのであろう。

若い男は繁五郎の前に立ち、匕首を手にしていた。隠れ家に出入りしていた子分のひとりらしい。

「てめえら、火盗改か！」

若い男の目がつり上がり、手にした匕首が震えていた。

植女は手にした刀を脇構えにとり、

「匕首を捨てろ！」

と声をかけて、若い男に近付いた。

「やろう、死ね！」

叫びざま、若い男は匕首を胸の前に構えて踏み込んでくると、植女の胸の辺りを狙って匕首を突き出した。

瞬間、植女は右手に跳びざま、刀身を横に払った。一瞬の太刀捌きである。

ザクリ、と若い男の腹が横に裂けた。植女の切っ先が、とらえたのである。若い男は絶叫を上げてよろめき、座敷の隅まで行って、その場にへたり込んだ。両手で腹を押さえて、呻き声を上げている。

これを見た繁五郎はカッと両眼を見開き、歯を剝き出し、長脇差を振り上げて植女に迫ってきた。鬼のような形相《ぎょうそう》である。

「殺してやる！」

繁五郎は怒声を上げ、いきなり植女に斬り付けた。

一瞬、植女は右手に跳びざま、刀身を袈裟に払った。

切っ先が、繁五郎の首をとらえた。首に血の線がはしった次の瞬間、血が驟《しゅう》雨《う》のように飛び散った。繁五郎は血を撒きながらよろめいた。

繁五郎の足が座敷の隅まで行ってとまると、朽ち木《くき》のように転倒した。首から飛び散った血が、座敷を赤い花弁を散らしたように染めている。

繁五郎は伏臥《ふくが》した後、四肢を痙攣させていたが、いっときすると動かなくなった。絶命したようである。

濡れ縁の前で、泉十郎と神山は対峙していた。泉十郎は青眼に構え、神山は八相にとっていた。

神山はぬらりと立っていた。覇気のない構えである。泉十郎は、青眼に構えた剣尖を神山の目線につけていた。

ふたりの間合は、およそ三間。一足一刀の斬撃の間境の外である。

そのとき、座敷から「植女どのが、繁五郎を討ち取ったぞ！」という桑原の声が聞こえた。その声で、神山が動いた。八相に構えたまま、気合も発せず、牽制《けんせい》もせず、すこしずつ間合を狭めてくる。

泉十郎も動いた。趾《あしゆび》を這うように動かし、ジリジリと神山に迫っていく。

ふたりの間合が狭まるにつれ、泉十郎の全身に斬撃の気がみなぎってきたが、神山の構えはまるで死人のように覇気も斬撃の気配もなかった。ただ、双眸だけが、獲物を見つめる獣のようにひかっている。

ふたりの間合が、斬撃の間境まであと一歩に迫ったとき、両者の寄り身がほぼ同時にとまった。

泉十郎は全身に気勢を込め、気魄で攻めたが、神山は死人のように立ったまま動かなかった。八相に構えた切っ先が、昆虫《こんちゅう》の触手《しょくしゅ》のようにぴくぴくと動いている。

泉十郎は、斬撃の気配をみせたまま一歩踏み込んだ。

次の瞬間、泉十郎と神山の全身に斬撃の気がはしった。

キエエッ！

タアッ！

ふたりの気合がひびき、二筋の閃光が夜陰を切り裂いた。

泉十郎が青眼から袈裟へ。

神山が八相から袈裟へ。

袈裟と袈裟――。ふたりの刀身が眼前で合致し、青火が散って金属音がひびいた。

ふたりは動きをとめ、刀身を合致させたまま押し合った。鍔迫《つばぜ》り合《あ》いである。

ふたりは刀の柄を握って押し合った後、ほぼ同時に後ろへ跳んだ。

跳びざま、ふたりは斬り込んだ。

泉十郎は、刀身を立てたところから突き込むように面へ。神山は刀身を横に払った。両者の一瞬の動きである。

泉十郎の切っ先が、神山の額をとらえた。一方、横に払った神山の切っ先は、泉十郎の右袖を切り裂いた。

ふたりは大きく間合をとって、ふたたび青眼と八相に構え合った。

神山の額から流れ出た血が、鼻筋から目に入った。神山は顔を横に振り、目をしばたたかせた。

神山の構えがくずれ、手にした刀が揺れた。この一瞬の隙を、泉十郎がとらえた。

イヤアッ！

鋭い気合を発し、泉十郎が斬り込んだ。

踏み込みざま、真っ向へ——。

にぶい骨音がし、神山の額から鼻筋にかけて血の線がはしった次の瞬間、頭頂から額にかけて割れ、血と脳漿が飛び散った。

ぐらっ、と神山の体が揺れ、腰から沈むように転倒した。神山は悲鳴も呻き声も上げなかった。

神山は地面に俯せに倒れたまま四肢を痙攣させていたが、いっときすると動かなくなった。絶命したようだ。頭部から流れ出た血が、神山の頭部を赤い布で包むように地面にひろがっていく。

泉十郎は神山の脇に立ち、

「青龍か。……恐ろしい男だった」

と、つぶやいた後、刀身に血振《ちぶ》り（刀身を振って血を切る）をくれた。

8

庭先での闘いは、終わった。庭に飛び出してきた男たちは、すべて植女や清水たちの手で仕留められた。

泉十郎は刀を手にした鞘に納め、濡れ縁から座敷に上がった。

座敷には、血塗れになった繁五郎と若い男が倒れていた。

「繁五郎を仕留めたな」

泉十郎が、繁五郎に目をやりながら言った。伏臥した繁五郎は、ピクリとも動かなかった。

「繁五郎と勝蔵を討ち取った。これで、上州もすこしは静かになるだろう」

清水の顔には、満足そうな表情があった。

「まだ、ひとり残っている」

泉十郎が言った。

「渋沢だな」

「どうだ、これから渋沢を討ちに行かないか。今夜のうちに、渋沢は繁五郎や神山が討たれたことを知るはずだ。……渋沢は、すぐにも身を隠すぞ」

泉十郎は、渋沢が身を隠す前に仕留めたかった。それに、渋沢の隠れ家はここから近いのだ。

「これから行くか」

清水も、その気になったようだ。

泉十郎たちが、座敷から濡れ縁へ出たときだった。

庭の方から浜助が走り寄ってきた。何かあったらしく、顔がこわばっている。

「浜助どうした」

泉十郎が訊いた。

「ちょいと前《めえ》に、離れの裏手から若え男がひとり表に出て来やした」

「その男は、どこにいる」

「華村の脇を通って、表の道に出やした」

浜助が、男は宿場を渋沢たちの隠れ家がある方にむかったと話し、

「渋沢たちを呼びに行ったのかもしれねえ」

と、言い添えた。

「安吉と猪七は」

ふたりの姿が見えなかった。

「男を追いかけやした。あっしは、旦那たちに知らせるために、ここにもどったんで」

浜助が、口早に話した。

「すぐに、渋沢たちの塒に行ってみよう」

泉十郎たちは、離れの裏手へ行き、黒板塀の切り戸から路地に出た。

渋沢たちの隠れ家のある路地の近くまで来ると、安吉と猪七の姿があった。ふたりは路地に目をやっている。

泉十郎たちは、ふたりに走り寄り、

「安吉、どうした」

すぐに、泉十郎が訊いた。

「跡を尾けてきた男が、この路地に入《へえ》ったんでさァ。路地を探してみやしたが、どこに行ったか分からねえで」

安吉によると、男が路地に入ったのを目にして路地に踏み込んだが、暗かったこともあって男の姿は見えなかったという。しかたなく、安吉と猪七は路地に入って歩きながら探したが、男はみつからなかったそうだ。

「それで、ここへもどってきたんで」

安吉が肩を落として言った。

「男の行き先は、分かっている。この先だ」

男の行った先は、渋沢たちの隠れ家にちがいない、と泉十郎は踏んだ。

泉十郎と植女が先に立ち、清水や安吉たちがつづいた。路地は暗かった。路地沿いの小体な飲み屋やそば屋などは、すでに表戸をしめている。

泉十郎たちは路地をしばらく歩き、仕舞屋の前で足をとめた。仕舞屋に淡い灯の色があった。だれかいるらしい。

「ここだ」

泉十郎が小声で言った後、足音を忍ばせて仕舞屋の戸口に身を寄せた。植女や清水たちも足音を立てないように、そろそろと戸口に近寄ってきた。

戸口の板戸は、しまっていた。なかから、くぐもったような男の声が聞こえた。町人言葉であることは分かったが、何を話しているかは聞き取れなかった。

「入るぞ」

泉十郎が声を殺して言い、引き戸をあけた。

土間の先が狭い板間で、その奥が座敷になっていた。奥の座敷にふたりの男がいた。年寄りと、若い男である。ふたりの膝先に、風呂敷のような物がひろげてあった。

年寄りが、土間に入ってきた泉十郎たちを見て、

「お、押し込み！」

と、ひき攣ったような声を上げた。年寄りの脇にいた若い男も目を剝き、凍り付いたように身を硬くした。

「われらは、押し込みではない。この家の住人を捕らえるために、江戸よりまいった者だ」

清水は火盗改とは口にしなかった。座敷にいるふたりが何者か分からなかったからである。

「え、江戸から……」

若い男が、声を震わせて言った。

「この家にいた渋沢たちは、どこにいる」

清水が、語気を強くして訊いた。

「し、知らねえ。渋沢の旦那たちは、出ていっちまった」

そう言って、年寄りは座敷にへたり込んだ。

「おまえたちは、渋沢の身内か」

「あっしは、下働きでさァ。渋沢の旦那に、しばらくここを留守にするといわれ、倅とふたりで、あっしの荷物をまとめているところで……」

年寄りがそう言うと、

「あっしは、守助《もりすけ》で」

と、若い男が首を竦めたまま名乗った。

そういえば、ひろげた風呂敷包みの脇には衣類や食器などが置いてあった。

「この家にいた男たちも、渋沢といっしょに出たのか」

清水が訊いた。

「そうでさァ」

「ここに、若い男が何か知らせにきたな」

泉十郎が清水に替わって訊いた。

「へ、へい」

「若い男は、繁五郎親分の身内か」

泉十郎は、繁五郎の名を出して訊いた。

「そ、そうで……」

年寄りが、体を顫わせた。渋沢は繁五郎の身内なので、自分も咎められると思ったのかもしれない。

「若い男は、渋沢に何を話したのだ」

「繁五郎親分が殺されたと、話してやした」

「殺されたと、話したのか」

思わず、泉十郎は聞き返した。

「へ、へい……」

「それで、渋沢たちはどこへ行くと話していた」

渋沢は離れを襲った火盗改が、つづいてここにも来ると読んで、急いで逃げたのだろう、と泉十郎は思った。

「江戸へ行くといってやした」

「江戸か」

清水が、脇から口を挟んだ。

つづいて口をひらく者がなく、辺りが重苦しい雰囲気につつまれたとき、

「ここに知らせにきた若い男の名を知っているか」

泉十郎が声をあらためて訊いた。

「浅次郎《あさじろう》でさァ」

「浅次郎は、どこへいった」

「渋沢の旦那たちといっしょに出やした。……そういやァ、今夜は浅次郎の家に泊まるような口振りだったな」

年寄りが、つぶやくように言った。

「浅次郎の家は、どこだ」

すぐに、泉十郎が訊いた。家が分かれば、これから行って渋沢たちを討つことができるかもしれない。

「河岸の方だと聞きやしたが、どこにあるか知らねえ」

年寄りは倅の方へ顔をむけ、おめえ、知ってるか、と小声で訊いた。

すると、倅は泉十郎たちに顔をむけ、

「あっしも知らねえ」

と、首を竦めて言った。

「渋沢を逃がしたか」

清水が無念そうな顔をした。

「まだ、諦めるのは早い。明日、街道を見張れば、捕らえられるのではないか」

泉十郎は清水たちに顔をむけて言った。

第六章　赤鬼

1

泉十郎たちは倉賀野宿から仙峰寺にもどると、庫裏の座敷に集まった。すでに、夜も更けていたが、江戸へむかうらしい渋沢たちを、どう捕らえるか相談するためである。

「渋沢たちは明日の早朝にも倉賀野を出て、中山道を江戸にむかうのではないかな」

泉十郎が、座敷に顔をそろえた清水たちに目をやって言った。

「おれもそうみる」

清水が言い添えた。

「ならば、街道のどこかで待ち伏せすればいい」

と、植女。

「どこで、待ち伏せするかだが……」

泉十郎が、中山道と例幣使街道の追分、それに烏川の渡し場付近をあげた。

「どちらにする」

植女が身を乗り出すようにして訊いた。

「江戸から倉賀野へ来るときもそうだが、渋沢たちは街道を通らず、脇道や畔道などを使うことがあった。……渋沢が、おれたちに待ち伏せされているとみれば、街道ではなく脇道などを通って次の宿場の新町へむかう恐れがある」

「ならば、烏川の渡し場付近がいい。新町宿へ行くには、かならず渡し場を通るはずだからな」

清水が言った。

「渡し場付近で、待ち伏せるか」

「そうしよう」

植女が言うと、その場にいた桑原たちもうなずいた。

それで、話はまとまった。泉十郎たちは、明朝、暗いうちに仙峰寺を発ち、烏川の渡し場にむかうことになった。

「明日は早い。今夜は、これで休もう」

清水が腰を上げた。つづいて、桑原、田島、菊川の三人も立ち上がった。清水たち四人は、別のひろい座敷に寝泊まりしていたのだ。

清水たち四人が座敷から出ると、

「植女、おれたちも寝るか」

泉十郎が声をかけ、夜具を座敷に敷こうとしたときだった。

ホウ、ホウ、と梟の啼く声がした。本堂の方である。泉十郎はその声に、聞き覚えがあった。

「おゆらだぞ」

泉十郎が言うと、植女がうなずいた。

「おれたちに、何か話があるのではないか」

「そのようだ」

泉十郎と植女は座敷から出ると、足音を忍ばせて庫裏の戸口へむかった。庫裏の外は深い夜陰につつまれていた。頭上は、降るような星である。

泉十郎たちが本堂の近くまで行くと、山門をくぐったところに黒い人影があった。おゆらだった。おゆらは、闇に溶ける忍び装束に身をつつんでいた。

おゆらは泉十郎たちの姿を目にすると、近付いてきた。まったく、足音を立てない。忍びの足である。

「おゆら、どうした」

泉十郎が訊いた。

「あたし、旦那たちが離れに踏み込んで、繁五郎を討ち取ったのを見てました。何かあったら、手裏剣を打って助太刀《すけだち》しようかと思いましてね」

おゆらが話した。

おゆらは旅人ふうに身を変えて、華村付近に目を配っていたという。そこへ、泉十郎たちがあらわれたので跡を尾け、すこし遅れて離れを囲った黒板塀のなかに入り、庭の樹陰に身を隠していたそうだ。

「では、おれたちが、渋沢の隠れ家へ行ったのも知っているな」

泉十郎が訊いた。

「知ってます。旦那たちの跡を尾けましたから」

「渋沢たちに、逃げられたのだ」

「それも、知ってます。それで、旦那たちが今後どう動くか、聞いておこうと思って、ここに来たんですよ」

おゆらが、泉十郎と植女に目をやりながら言った。

「それなら、話は早い。……明日、渋沢たちを待ち伏せして、捕らえることになったのだ。捕らえるといっても、渋沢は斬ることになるがな」

泉十郎は、渋沢が縄を受けるはずはないので、神山と同じように立ち合って斬ることになるだろうとみていた。

「どこで、待ち伏せするんです」

おゆらが訊いた。

「追分と烏川の渡し場のどちらかとみていたが、渡し場で待ち伏せすることになった」

泉十郎が、渡し場に決めた理由をかいつまんで話した。

「渡し場ですか……」

おゆらは、いっとき闇に目をむけていたが、何か思いついたように、泉十郎と植女に目をやり、

「あたしが、追分で見張りますよ」

と、言った。暗闇のなかで、おゆらの目が夜禽のようにひかっている。

「頼む」

泉十郎は、おゆらが追分に張り込んで、渋沢たちに目を配っていてくれれば、見逃すことはないと思った。

「では、明日」

おゆらはそう言った後、植女に目をやり、「植女の旦那、また会えたね」と小

声で言い、肘《ひじ》で植女をつついた。

「おゆら、渋沢たちを見逃すなよ」

植女がいつもの抑揚のない声で言った。

「まかせて」

そう言い残し、おゆらは闇のなかへ歩きだした。

「さて、寝るか」

泉十郎が、植女に声をかけて庫裏にむかった。

2

泉十郎と植女は、暗いうちに起きた。身支度をして庫裏から出ると、本堂の前に清水たちが集まっていた。安吉たち三人の姿もあった。

泉十郎たちは、武士の身支度だった。変装する必要がなくなったのである。

「いくぞ」

清水が声をかけ、泉十郎とともに先に立った。植女や桑原たちがつづき、安吉たちは後ろについた。

泉十郎たちは追分を経て中山道に入り、しばらく新町宿にむかって歩き、烏川の岸についた。東の空はほんのりと明らんでいたが、まだ辺りは暗く、渡し舟は動いていなかった。旅人の姿もない。

「あと、小半刻（三十分）もすれば明るくなり、旅人も姿を見せるはずだ。そのころには、舟も動く」

清水がそう言って周囲を見渡し、桑原たちに川岸近くの雑木林や岩陰に身をひそめるよう指示した。

泉十郎は植女とともに、街道沿いの笹藪の陰に身をひそめた。その場なら、倉賀野方面から渡し場にむかってくる旅人の姿を見ることができる。

「渋沢たちが来るのは、舟が動くようになってからだな」

渋沢たちは、何時ごろから、渡し場の舟が動くか知っている、と泉十郎はみていた。

「おれも、そうみている」

植女が言った。

そのころ、おゆらは追分の近くの杉の樹陰にいた。樹陰に身を隠し、中山道に目をやっていたのだ。

おゆらは、男の旅人に化けていた。小袖を尻っ端折りし、手甲脚半に草鞋履きだった。菅笠を深くかぶって、顔を隠している。

まだ、明け六ツ（午前六時）前だった。辺りは薄暗かったが、東の空は曙色に染まっていた。街道には、ひとりふたりと間をおいて旅人が通りかかった。倉賀野宿を夜明け前に出立した旅人である。

それから小半刻ほどすると、辺りはだいぶ明るくなり、東の空に陽の色がひろがってきた。街道の旅人の姿が、ちらほら見られるようになった。

おゆらは、そろそろ渋沢たちが来るころだと思い、街道を通る男に目をやっていた。

街道の先に、町人体の若い旅人の姿が見えた。菅笠をかぶらずに、手に持っていた。若い男は足早に追分に近付いてくる。

若い男は中山道と例幣使街道の追分に足をとめると、一休みするような格好をして中山道沿いの森や笹藪などに目をやっていた。

……あの男、渋沢の仲間かもしれない。

と、おゆらは思った。若い男は、追分付近に火盗改が身をひそめていないか、探りに来たのではあるまいか。

若い男は追分の周辺を確かめた後、中山道を倉賀野宿の方へ足早にもどっていった。若い男は渋沢たちに、追分付近に火盗改たちが身をひそめている様子はない、と知らせるためにもどったのだろう。

おゆらは立ち上がって、中山道に出た。路傍に立って倉賀野方面に目をやると、遠方に若い男が、四人の旅人と話しているのが見えた。その四人も、町人ふうだった。だが、いずれも刀か長脇差を帯びているのが見てとれた。

若い男が先に立ち、四人の男が後につづいた。こちらに、歩いてくる。四人のなかに、大柄な男がひとりいた。

……渋沢だ！

とおゆらは、胸の内で声を上げた。町人体だったが、その体軀に見覚えがあったのだ。おゆらは、足早に渡し場の方へむかった。渡し場付近で身をひそめている泉十郎たちに知らせるのである。

泉十郎と植女は街道沿いの笹藪の陰に身をひそめ、通りかかる旅人たちに目をやっていた。渋沢たちが、来るのを待っていたのだ。

渋沢たちは、なかなか姿を見せなかった。武士はすくなく、多くが町人の旅人だった。巡礼や雲水《うんすい》などの姿もあった。

「そろそろ来てもいいころだな」

そう言って、泉十郎は街道の先に目をやった。

町人体の旅人がひとり、足早にこちらに歩いてくる。振り分け荷物を肩にし、長脇差を腰に帯びていた。

そのとき、旅人は菅笠の端を手にして持ち上げ、顔をあらわにした。

「おゆらだ！」

泉十郎は遠方ではあったが、おゆらにちがいないと思った。あらためて見ると、体軀もおゆらである。

「おゆらが、おれたちに知らせに来たのだ」

植女が笹藪の陰から顔を出し、おゆらにむかって手を振った。

おゆらはすぐに気付き、小走りになった。そして、泉十郎たちのいる笹藪の陰へまわると、

「来るよ、渋沢たちが」

と、街道に目をやりながら言った。

泉十郎と植女は街道の先に目をやったが、渋沢たちらしい一行は見えなかった。ひとりふたりと、町人の旅人がこちらに歩いてくるだけである。

「来た。……あの若い旅人ですよ」

おゆらが、街道を歩いてくる町人体の若い旅人を指差した。

「ひとりだぞ。それに、町人ではないか」

泉十郎が言った。

「あの男は、斥候ですよ」

「そうか」

若い男は、街道の左右に目をやりながらこちらに歩いてくる。街道沿いに埋伏《まいふく》している者がいないか、探っているようだ。

若い男は川岸近くまで来ると、踵を返し、足早に来た道を引き返した。どうやら、身をひそめている者はいないとみたようだ。

若い男が、泉十郎たちが身をひそめている場所から遠ざかると、

「あの男、すぐに渋沢たちを連れてきますよ」

おゆらが言った。

泉十郎たちが、街道の先に目をやっていると、若い男が四人の男の先に立って

こちらにむかってくるのが見えた。

「四人とも町人のような格好をしているが、渋沢たちが身を変えたのだな」

泉十郎が、街道を歩いてくる五人の男を見つめながら言った。

「体の大きな男が、渋沢ですよ」

おゆらが言った。

「まちがいない、渋沢だ」

泉十郎は、その体軀に見覚えがあった。町人の旅人の格好をしているが、渋沢にまちがいない。

泉十郎は、若い男が浅次郎で、他の三人は渋沢といっしょに住んでいた渡世人たちとみた。渋沢は浅次郎と三人の渡世人を連れて、江戸へ行くつもりなのだ。

3

泉十郎たち三人は、渋沢たち五人をやり過ごした。渋沢たちの背後にまわり、前方に身をひそめている清水たちと挟み撃ちにするつもりだった。

渋沢たちは、足早に渡し場の方へ歩いていく。

泉十郎たち三人は、渋沢たちが目の前を通り過ぎて三十間ほど離れたとき、笹藪の陰から街道に飛び出した。

渋沢たちが、足をとめて振り返った。泉十郎たちの笹藪を分ける音を耳にしたらしい。

「火盗改《かとう》だ！」

渋沢が叫んだ。

泉十郎は渋沢たちに迫りながら、「渋沢たちだ！　出会え」と声を張り上げた。すると、街道の前方の川岸近くの雑木林や岩陰からいくつもの人影が飛び出し、こちらにむかって疾走してきた。清水たちである。

「かかれ！　ひとりも、逃がすな」

清水が叫んだ。

渋沢たちは逡巡《しゅんじゅん》するような素振《そぶ》りを見せたが、

「恐れるな！　あやつら、親分の敵《かたき》だ」

渋沢が叫び、かぶっていた菅笠を取って放り投げた。

渋沢は腰に帯びていた刀を抜き、「皆殺しにしてくれる！」と声を上げた。すると、そばにいた三人の男が次々に笠を取り、長脇差を抜き放った。三人は、繁五郎に従って賭場に出入りしていた渡世人たちである。

浅次郎と思われる若い男は懐から匕首を取り出したが、恐怖で腰が引け、手にした匕首が震えていた。

泉十郎は渋沢に走り寄り、植女は渋沢のそばにいた渡世人のひとりにむかって疾走した。清水たち四人も走り寄り、渡世人たちに切っ先をむけた。

「渋沢、今日こそ、決着をつけてくれようぞ」

泉十郎は渋沢の前に立つと、すぐに刀を抜き放った。すでに、泉十郎は渋沢と立ち合っている。

「また、きさまか！　ここで、頭をぶち割ってくれるわ」

渋沢は憤怒《ふんぬ》の形相で声を上げた。顔が赭黒く染まり、ギョロリとした目が爛々とひかっている。まさに、赤鬼のような形相である。

渋沢は上段に構えた。両拳を頭上に上げ、刀身を垂直に立てている。長刀だった。その刀身が巨軀とあいまって天空へ伸びているように見えた。大樹のような大きな構えである。泉十郎は青眼に構え、切っ先を渋沢の柄を握った左拳につけた。上段に対応する構えだが、体重を両足にかけ、わずかに膝をまげた。すばやく背後に跳ぶためである。

渋沢の上段からの斬撃をまともに受けることは、できなかった。迂闊に受ければ、その強烈な斬撃に受けた刀ごと押し下げられ、頭を斬り割られるのだ。

ふたりの間合は、およそ三間半――。

ふたりは青眼と大きな上段にそれぞれ構えたまま全身に気勢を込め、斬撃の気配を見せて気魄で攻め合った。

「いくぞ！」

ふいに、渋沢が声を上げ、足裏を摺るようにして間合を狭めてきた。

渋沢の上段の構えは、巨岩が迫ってくるような威圧感があった。尋常《じんじよう》な者なら、身が竦んでしまうだろう。

だが、泉十郎は渋沢の構えに圧倒されることはなかった。すでに、渋沢と対戦しており、太刀筋も知っていたからだ。

泉十郎は気を静めて、渋沢との間合と気の動きを読んでいた。

渋沢はジリジリと間合を狭めてきた。渋沢の全身に、斬撃の気配が高まってくる。

だが、泉十郎は動かなかった。気を静め、渋沢の斬撃の気配を察知しようとしていた。ふいに、渋沢の寄り身がとまった。一足一刀の斬撃の間境の一歩手前である。

突如、渋沢が一歩踏み込んできた。

次の瞬間、渋沢の全身に斬撃の気がはしり、その巨体がさらに膨れ上がったように見えた。

タアリャッ！

渋沢が裂帛の気合を発して斬り込んできた。

上段から真っ向へ——。

刃唸《はうな》りを立てて、渋沢の長刀が泉十郎の頭上に振り下ろされた。

刹那、泉十郎は身を引いた。まさに、一瞬の動きだった。渋沢の切っ先が、泉十郎の胸先をかすめて空を切った。

間髪《かんはつ》をいれず、泉十郎は刀身を横に払った。その切っ先が、前に伸びた渋沢の右の二の腕をとらえた。

バサッ、と渋沢の右袖が裂け、あらわになった二の腕から血が噴いた。

渋沢は後ろへ跳んだ。泉十郎の二の太刀を恐れたのである。

泉十郎と渋沢は大きく間合をとり、ふたたび上段と青眼に構え合った。渋沢の右の二の腕から血が流れ出ていた。ただ、皮肉を裂かれただけらしい。

「おのれ！」

渋沢の赭黒く染まった顔が、憤怒にゆがんだ。

泉十郎は青眼に構えた剣尖を渋沢の左拳につけた。

このとき、植女は渡世人のひとりを居合で仕留め、刀を鞘に納めてから渋沢の左手にまわり込んできた。他のふたりの渡世人は、清水たち三人で討ち取れるとみて、泉十郎に加勢しようとしたようだ。

「助太刀いたす」

植女は右手を刀の柄に添え、腰を沈めて居合の抜刀体勢をとった。

「ふたりがかりか」

渋沢の顔に動揺の色が浮き、上段に構えたまま後じさった。

「植女、この場はおれにまかせてくれ。渋沢は、おれが斃す」

泉十郎は、渋沢だけは自分の手で始末したかった。

「よかろう」

植女は抜刀体勢をとったまま後じさった。泉十郎が危ういとみたら、抜刀体勢のまま踏み込んで、居合で渋沢を仕留めるつもりらしい。

泉十郎と渋沢の間合は、およそ三間だった。当初対峙したときより、半間ほど近かった。ふたりの胸の内に、一気に勝負を決したいという思いがあったからだろう。

渋沢は高い上段に構えていた。天空を突くように高く構えた刀身が、かすかに震えていた。右の二の腕の傷のせいらしい。渋沢は傷を負ったことで気が昂《たかぶ》り、右腕に余分な力が入っているのだ。力みである。

……勝てる！

と、泉十郎は思った。

気の昂りと力みは体を硬くするだけでなく、咄嗟の反応をにぶくする。

泉十郎と渋沢は、青眼と上段に構えたまま気魄で相手を攻めていたが、

「いくぞ」

と泉十郎が声をかけ、先《せん》をとった。

泉十郎は剣尖を渋沢の左拳につけたまま趾《あしゆび》を這うように動かし、ジリジリと間合をつめ始めた。

すると、渋沢も動いた。上段に構えたまま足裏を摺るようにして間合をつめてきた。

ふたりの間合が、一気に狭まってくる。間合がつまるにつれ、ふたりの全身か

ら痺《しび》れるような剣気がはなたれ、斬撃の気が高まってきた。

ふいに、ふたりの寄り身がとまった。一足一刀の斬撃の間境まで、あと一歩の間合である。

渋沢は全身に激しい気勢をみなぎらせ、斬撃の気配を見せた。いまにも、斬り込んできそうだ。

対する泉十郎は、気を静めて渋沢の斬撃の起こりをとらえようとしていた。渋沢の真っ向からの斬撃をかわすためには、渋沢の気の動きを読むことが大事である。

ふたりは対峙したまま動かなかったが、泉十郎が先をとった。斬撃の気を見せ、つッ、と切っ先を前に突き出したのだ。斬り込むとみせた誘いである。この誘いに、渋沢が反応した。

タアリャッ！

渋沢が甲走った気合を発し、斬り込んできた。

上段から真っ向へ——。

刃唸りを立てて、渋沢の切っ先が泉十郎の頭上めがけて振り下ろされた。

間一髪《かんいっぱつ》、泉十郎は、右手に跳んだ。

渋沢の切っ先が、泉十郎の左肩先をかすめて空を切った瞬間、泉十郎が刀身を横に払った。神速の太刀捌きである。

切っ先が、渋沢の首をとらえた。

ビュッ、と血が赤い筋になって飛んだ。泉十郎の切っ先が、首の血管《ちくだ》を切ったのだ。渋沢は血を飛び散らせながらよろめき、足がとまると、巨体が朽ち木のようにどうと倒れた。渋沢は俯せに倒れ、両手を地面について首を擡《もた》げようとしたが、わずかに頭が動いただけだった。喘鳴《ぜんめい》がかすかに聞こえた。

いっときすると、渋沢は地面に伏したまま動かなくなった。喘鳴も聞こえない。渋沢の首から流れ出た血が、上半身を赤い布で包むようにひろがっていく。

……終わった。

泉十郎は胸の内でつぶやいた。荒い息がしだいに収まり、体中を駆け巡っていた血の滾《たぎ》りが静まってくる。

「渋沢を討ちとったな」

植女が泉十郎に声をかけた。

「これで、始末がついた」

そう言って、泉十郎は植女や清水たちに目をやった。

清水たちの闘いも終わっていた。清水、桑原、田島、菊川の四人は、血刀《ちがたな》を引っ提げたまま立っていた。それぞれの足元近くに、血塗れになった男たちが倒れていた。渡世人が三人、それに浅次郎と思われる若い男の姿もあった。

安吉、猪七、浜助の三人は、清水たちの背後に立っていた。いずれも、顔をこわばらせている。凄絶《せいぜつ》な斬り合いを目にしたせいだろう。

泉十郎は周囲に目をやって、おゆらの姿を探した。

……いる。

おゆらは、遠方に集まって闘いの様子を見ていた旅人たちのなかにいた。おゆらは泉十郎と目が合うと、うなずいてから身を引いた。

泉十郎や清水たちは、旅人の邪魔にならないように、渋沢たちの死体を街道沿いの叢のなかに引き込んでからその場を離れた。清水が宿役人に話して死体を始末してもらうことになるだろう。

4

その日、泉十郎たちは新町宿の料理屋に入った。朝から何も食べていなかったので、腹が減っていたし、酒も飲みたかった。ひとを斬った後の昂った気のせいか、妙に飲みたくなったのだ。

泉十郎たちの前に酒肴の膳が運ばれ、手酌《てじゃく》で酒を飲み、料理をいっとき口にした後、

「此度《こたび》は向井どのと植女どのに助けてもらったからこそ、勝蔵と繁五郎、それに渋沢と神山まで討ち取ることができた。……心より礼を言う」

そう言って、清水が泉十郎と植女に頭を下げると、桑原たち三人も深々と頭を下げた。

「い、いや、おれと植女は、公儀のお指図にしたがったまでのことだ。おれたちこそ、清水どののたちに礼を言わねばなるまい。清水どののたちがいなければ、此度の件の始末はつかなかったからな」

泉十郎が照れたような顔をして言った。

植女は表情も変えず、ちいさくうなずいただけである。

「ところで、向井どののたちには、ふたりの他にも敵の様子を探る仲間がいたのかな。いや、われらが思いもよらぬときに、敵の動きを摑んでくるもので……」

清水が語尾を濁した。

「わ、われら御庭番は、遠国に出かけることがあるので、中山道の周辺のことも多少頭に入っているのだ」

泉十郎が、声をつまらせて言った。おゆらのことは、清水たちにも話さずにおこうと思ったのである。

「そうか」

清水がうなずいた。納得したかどうか分からないが、清水はそれ以上訊かなかった。

「それにしても、よかった。こうして、みんな無事で江戸へ帰れるのだからな」

泉十郎が声を大きくして言うと、集まった男たちが、ほっとしたような顔をした。

それから、泉十郎たちは一刻（二時間）ほども飲んだ。そして、体に酔いがまわってきたころ、

「ところで、向井どのたちは、今晩どうする」

清水が泉十郎と植女に目をむけて訊いた。

「これといった当てはないが」

「まだ、旅籠に入るのはすこし早いが、今日はこの宿場に草鞋を脱がないか」

「かまわんが」

泉十郎が言うと、植女もうなずいた。ふたりとも、今夜の宿の当てはなかったのである。

「では、そうしよう」

清水が腰を上げた。

まだ陽は高かったが、泉十郎たちは料理屋の近くにあった富島屋《とみしまや》という旅籠に草鞋を脱いだ。

泉十郎は、風呂に入ってから清水たちと夕食をとった。そして、床に入ってから、街道側の手摺《てすり》に菅笠をかけておいた。おゆらに、この旅籠に泊まっていると教えたのである。その晩、泉十郎はおゆらから何か連絡があるかと思い、夜更けまで目を覚ましていたが、何の連絡もなかった。

翌朝、泉十郎は植女とふたりだけになると、

「昨夜、おゆらから連絡はなかったか」

と、訊いてみた。泉十郎が寝込んだ後に、おゆらから何か知らせがあったのではないかと思ったのだ。

「いや、何もないが」

「そうか」

泉十郎は、それ以上おゆらのことは口にしなかった。

泉十郎たちは朝餉を食べ、富島屋に頼んでおいた弁当を持って宿場に出た。すでに、明け六ツ（午前六時）を過ぎていた。泉十郎たちはゆっくり寝ていたので、富島屋を出るのが遅れたのだ。

宿場は賑わっていた。旅人だけでなく、旅人を乗せた駕籠、駄馬を引く馬子などが行き交っている。

富島屋を出て間もなく、植女が泉十郎に身を寄せ、

「おゆらだぞ」

と、耳打ちした。

泉十郎は、あらためて旅籠や料理屋などの並ぶ宿場の通りに目をやった。まだ、店をひらいていない茶店の脇に、巡礼姿のおゆらが立っていた。菅笠をかぶっていたので、顔は見えなかったが、おゆらである。

「植女、ここからは三人で帰るか」

泉十郎が小声で言った。清水たちといっしょに帰る必要はなかった。お互いに気を使うだけである。

「いいな」

植女が、かすかに口許に笑みを浮かべた。

すぐに、泉十郎は清水に身を寄せ、

「先にいってくれないか。おれと植女は、のんびり帰る。やっと任務を果たすことができたし、ここから先は、気儘《きまま》な旅だ」

と、そばにいる桑原たちにも聞こえる声で言った。

「そうか。……おれたちは、先に行くぞ」

清水が笑みを浮かべて言った。清水も、ここから先は泉十郎たちと同行する必要はないと思ったようだ。

泉十郎と植女は歩調を緩め、宿場の店や遠方の山脈《やまなみ》などに目をやりながら歩いた。清水たちの姿が遠ざかると、背後からおゆらが近付いてきて、

「始末がつきましたね」

と、小声で言った。

「ここからは、清水たちとは別に帰ることにしたよ」

「それなら、あたしもいっしょに行くよ」

おゆらは、菅笠を手にして持ち上げ、泉十郎と植女に目をむけた。

「せっかくの旅だ。三人で、のんびり楽しみながら帰ろう」

「それがいい」

黙って聞いていた植女が言った。

すると、おゆらが植女に身を寄せ、「植女の旦那、今夜あたり、旅籠に忍び込むからね」とささやき、肘で植女の二の腕辺りをつついた。

脇で聞いていた泉十郎が、

「だめだ、植女が寝ているときに忍び寄ったら、居合で抜き打ちに斬られるぞ。おれでさえ、迂闊に近付けないのだからな」

と、口を挟んだ。

「おお、怖《こわ》っ!」

おゆらは大袈裟《おおげさ》に驚いて見せ、植女から身を離した。

植女は苦笑いを浮かべただけで何も言わず、泉十郎たちと歩調を合わせて歩いていく。

中山道の鬼と龍　はみだし御庭番無頼旅

一〇〇字書評

切・り・取・り・線

購買動機（新聞、雑誌名を記入するか、あるいは○をつけてください）	
□（　　　　　　　　　　　）の広告を見て	
□（　　　　　　　　　　　）の書評を見て	
□ 知人のすすめで	□ タイトルに惹かれて
□ カバーが良かったから	□ 内容が面白そうだから
□ 好きな作家だから	□ 好きな分野の本だから

・最近、最も感銘を受けた作品名をお書き下さい

・あなたのお好きな作家名をお書き下さい

・その他、ご要望がありましたらお書き下さい

住所	〒				
氏名		職業		年齢	
Eメール	※携帯には配信できません	新刊情報等のメール配信を 希望する・しない			

この本の感想を、編集部までお寄せいただけたらありがたく存じます。今後の企画の参考にさせていただきます。Eメールでも結構です。

いただいた「一〇〇字書評」は、新聞・雑誌等に紹介させていただくことがあります。その場合はお礼として特製図書カードを差し上げます。

前ページの原稿用紙に書評をお書きの上、切り取り、左記までお送り下さい。宛先の住所は不要です。

なお、ご記入いただいたお名前、ご住所等は、書評紹介の事前了解、謝礼のお届けのためだけに利用し、そのほかの目的のために利用することはありません。

〒一〇一－八七〇一
祥伝社文庫編集長　坂口芳和
電話　〇三（三二六五）二〇八〇

祥伝社ホームページの「ブックレビュー」からも、書き込めます。

http://www.shodensha.co.jp/bookreview/

祥伝社文庫

中山道《なかせんどう》の鬼《おに》と龍《りゅう》 はみだし御庭番《おにわばん》無頼旅《ぶらいたび》

平成29年5月20日 初版第1刷発行

著者 鳥《と》羽《ば》亮《りょう》

発行者 辻 浩明

発行所 祥伝社《しょうでんしゃ》

東京都千代田区神田神保町3-3

〒101-8701

電話 03(3265)2081(販売部)

電話 03(3265)2080(編集部)

電話 03(3265)3622(業務部)

http://www.shodensha.co.jp/

印刷所 萩原印刷

製本所 ナショナル製本

カバーフォーマットデザイン 中原達治

Printed in Japan ©2017, Ryō Toba ISBN978-4-396-34313-2 C0193